표예벗

포**에버**
FOREVER

주디 블룸 장편소설 | 김영진 옮김

창비

랜디에게
약속했던 대로……
사랑을 담아

 차 례

포에버 ―― 007

옮긴이의 말 ―― 261

시빌 데이비슨은 천재적인 지능 지수의 소유자로, 지금까지 최
소한 여섯 명의 남자애와 잠자리를 했다. 나는 그 이야기를 지난번
에리카네 집에 놀러 갔을 때 시빌한테서 직접 들었다. 에리카는 시
빌의 사촌이자 내 친한 친구다. 에리카는 시빌이 그렇게 여러 명과
자는 것을 뚱뚱한 몸매에 대한 불만과 사랑받고 싶은 욕구 때문이
라고 설명했다. 뛰어난 지능 지수는 단순한 행운이거나, 유전자가
좋거나 뭐 그랬을 거라고. 그 설명이 백 프로 맞는지는 잘 모르겠
지만 에리카는 비교적 사람들을 잘 분석하는 편이다.

나는 솔직히 시빌에 대해 잘 몰랐다. 시빌은 서밋에, 나는 웨스
트필드에 살기 때문이다. 에리카와 나는 시빌의 송년 파티에 가기

로 했다. 우리의 결정은 파티 당일에 내려졌는데 거기에는 최소한 두 가지 이유가 있었다. 첫째는 시빌이 우리를 초대한 게 그날이었고, 둘째는 딱히 더 나은 계획이 없었기 때문이다.

시빌네 집에서는 퐁뒤 파티가 열리고 있었다. 아이들은 낮은 탁자를 가운데 두고 거실 바닥에 빙 둘러앉아 있었는데 한 스무 명쯤 되어 보였다. 탁자 위에는 스위스 치즈를 녹인 큰 냄비와 빵 바구니가 군데군데 놓여 있었고, 냄비에서는 김이 모락모락 피어올랐다. 우리는 빵을 꽂아 치즈에 찍어 먹을 수 있도록 끝이 두 갈래로 갈라진 기다란 포크를 하나씩 손에 쥐고 있었다. 퐁뒤는 꽤 맛있었다. 그 남자애가 말을 걸어온 것은 내가 막 빵을 두 입쯤 베어 먹었을 때였다. "너, 턱에 치즈 묻었는데?"

에리카를 사이에 두고 건너편에 앉아 있던 그 남자애가 에리카 앞으로 몸을 굽히더니 내게 냅킨을 내밀며 물었다. "내가 닦아 줄까?"

나는 그 애가 나를 놀리는 건지 어쩐 건지 알 수가 없었다. 그래서 "내 턱은 나도 닦을 수 있어."라고 대꾸한 뒤 아직 입속에 남아 있던 빵을 꿀꺽 삼켜 버렸다.

"난 마이클 와그너야." 그 애가 자기소개를 했다.

"그래서?" 내 대답이 끝나자마자 에리카의 따가운 눈총이 느껴졌다.

에리카가 마이클에게 자기소개를 하더니 손가락으로 내 머리를 툭툭 건드리며 말을 이었다. "여기 이 바보는 내 친구 캐서린이야. 신경 쓰지 마. 원래 좀 이상한 애거든."

"나도 벌써 알아봤어." 마이클이 대답했다. 마이클은 안경을 썼고, 붉은빛이 감도는 금발에 숱이 아주 많았다. 왼쪽 볼에는 작은 점이 있었는데, 나는 무슨 정신 나간 이유에서인지 자꾸 그걸 한번 만져 보고 싶다는 생각이 들었다.

내가 고개를 돌리고 포크로 새 빵을 집으려는데 이번에는 다른 쪽에 앉아 있던 남자애가 말을 걸어왔다. "난 프레드야. 바로 옆집에 살아. 다트머스 대학 1학년이고." 안타깝게도 그 애는 밥맛이었다.

나는 얼마 안 가 귀를 닫아 버렸지만 프레드는 아무 눈치도 못 채고 계속해서 떠들어 댔다. 솔직히 프레드의 얘기보다는 마이클이 에리카에게 무슨 말을 하는지가 더 궁금했다. 대학은 어디를 다닐까? 럿거스처럼 가까운 데면 좋겠는데. 에리카가 우리는 웨스트필드에 살고, 고등학교 졸업반이고, 그날 밤 시빌네 집에서 잘 계획이라고 말하는 소리가 들렸다. 그러고 나자 마이클이 엘리자베스라는 여자애를 에리카에게 소개해 주는 것 같았다. 나는 바로 고개를 돌려 마이클이 제 옆에 앉은, 얼굴이 하얗고 머리색은 검은 어떤 여자애의 어깨에 팔을 두르는 광경을 포착했다. 나도 밥맛없는 프레드에게 관심이 있는 척하기 시작했다.

자정이 되자 시빌이 불을 잠깐 켰다가 껐다. 프레드가 내게 새

해 인사를 건네며 혀를 입속으로 밀어 넣으려고 했다. 나는 입을 더 꼭 다물었다. 프레드가 입을 맞추는 동안 내 눈길은 엘리자베스에게 키스하는 마이클에게 머물러 있었다. 마이클은 내가 짐작했던 것보다 키가 훨씬 더 컸고, 마른 편이었지만 빈약해 보이지는 않았다.

파티가 끝난 뒤 우리는 시빌과 시빌의 부모님을 도와 뒷정리를 했다. 그러고 나서 새벽 3시쯤이 돼서야 지친 몸을 이끌고 터벅터벅 자러 올라갔다. 시빌은 머리가 베개에 닿자마자 그대로 잠들어 버렸지만 에리카와 나는 영 잠이 오지 않았다. 바닥에 침낭을 깔고 누운 탓이거나 시빌의 코 고는 소리가 너무 요란한 탓 같았다.

에리카의 속삭임이 들렸다. "마이클 말이야……. 꽤 괜찮은 것 같지 않니?"

"너한텐 너무 커. 너, 걔 허리 정도까지밖에 안 오겠던데?"

"걔가 그걸 더 즐길 수도 있지 뭐."

"아우, 얘가 정말! 못 하는 말이 없어!"

에리카가 팔꿈치로 머리를 지탱하며 몸을 비스듬히 일으켰다.

"너 걔 좋아하지?"

"바보 같은 말 좀 하지 마……. 걔랑 몇 마디 하지도 않았어." 나는 벽을 향해 돌아누워 버렸다.

"그렇긴 하지. 그래도 난 다 알아."

"쓸데없는 말 그만하고 어서 주무시기나 하셔!"

"걔가 나한테 네 성하고 전화번호 물어보더라?"

나는 홱 돌아눕고 말았다. "정말?"

"어, 정말이긴 한데……. 넌 별로 관심 없잖아." 에리카는 그렇게 말한 뒤 침낭 속으로 쏙 들어가 버렸다.

나는 그 애를 장난스럽게 걷어찼다. 우리는 한바탕 웃다가 잠이 들었다.

에리카와 나는 9학년(중학교 3학년에 해당함—옮긴이) 때부터 친구였다. 우리는 아주 완벽한 단짝이었다. 에리카는 직설적이고 거리낌이 없는 데 반해 나는 그렇지 못했기 때문이다. 작은 키를 책잡히지 않으려면 그렇게 행동할 수밖에 없다는 게 에리카의 설명이었다. 에리카는 147센티미터밖에 안 됐으니, 마이클 허리까지밖에 안 오겠다던 내 말은 농담이 아니었다. 에리카네 식구들은 모두 키가 작았다. 에리카의 증조할아버지가 지금의 성을 취득하게 된 것도 다 작은 키 때문이었다. 에리카의 증조할아버지는 러시아에서 온 이주민으로 이민 올 당시에 영어를 한마디도 못 했다. 그래서 이민국 직원이 배에서 내린 할아버지에게 성을 물었지만 못 알아들었다. 그런데 그 이민국 직원은 유대계 난민들에게 보통 그랬던 것처럼 할아버지를 코헨이나 골드버그라고 부르지 않고, 외모로 사람을 평가해 '미스터 스몰(Mr. Small)'이라고 서류에 적어 버렸다. 에리카는 언젠가 결혼을 하게 되면 아이의 키가 평균이 될 수 있도록 무슨 일이 있어도 키 큰 남자를 고를 거라고 다짐하곤 했다.

하지만 사실 에리카의 식구들 가운데 키가 작아 손해를 본 사람은 한 명도 없었다. 에리카의 엄마 줄리엣 스몰 아줌마는 영화 평론가로, 전국에 판매되는 잡지에, 그것도 세 군데씩이나 평론을 썼다. 에리카는 그런 제 엄마 덕에 뛰어난 성적이 아님에도 불구하고 래드클리프 대학에 진학할 것 같았다. 나는 평균 92점 정도는 늘 유지했기에 내 수능 성적을 받아 보는 순간 기절하는 줄 알았다. 평균보다도 낮았기 때문이다. 에리카는 나보다 점수가 훨씬 더 좋았다. 늘 그랬다. 중요한 일이라면 그 애는 망치는 법이 없었다. 반면 나는 모든 걸 망쳐 버릴까 봐 늘 겁을 냈다. 이것이 우리의 또다른 차이였다.

다음 날, 정오쯤 울린 전화벨 소리에 잠이 깼다. 시빌이 침대에서 뛰어내리더니 달려가 전화를 받았다. 그러고는 다시 방으로 돌아와 이렇게 말했다. "마이클 와그넌데, 이따가 자기 레코드판 가지러 오겠대." 시빌은 길게 하품을 하더니 침대에 다시 털썩 드러누웠다. 에리카는 여전히 꿈속을 헤매는 중이었다.

내가 시빌에게 물었다. "걔 혹시 그 엘리자베스라는 여자애랑 사귀는 거니?"

"글쎄, 그런 얘기 못 들었는데? 왜? 너 걔한테 관심 있니?"

"아니…… 그냥 궁금해서."

"네가 관심 있다고 하면 내가 다리 놔 줄 수도 있어."

"아니야…… 됐어."

"걔랑 나랑 유치원 때부터 아는 사이야."

"걔가 너희 반이야?"

"응, 우리 홈룸(학생들이 각자 수업을 들으러 가기 전에 출석 체크, 조회 등을 위해 모이는 반─옮긴이)."

"어…… 난 우리보다 나이 많은 줄 알았는데."

"걔도 졸업반이야. 우리랑 같아."

"그렇구나." 마이클은 훨씬 더 조숙해 보였다. "음, 어차피 깼으니까 그냥 옷이나 입어야겠다." 나는 그렇게 말하고 욕실로 향했다.

시빌과 내가 부엌에 있는데 초인종이 울렸다. 나는 번빵(건포도 등이 든, 단맛이 많이 나는 작고 동그란 빵─옮긴이)에서 건포도를 골라내 접시 한쪽에 쌓아 놓는 중이었고, 시빌은 냉장고에 기대 딸기 요구르트를 떠먹는 중이었다.

시빌이 현관으로 나가 마이클을 데리고 부엌으로 들어왔다. "캐서린 알지?" 시빌이 마이클에게 물었다.

"그럼. 안녕?" 마이클이 인사를 건넸다.

나도 "어…… 안녕?" 하고 인사를 받았다.

"네 음반들 아직 아래층에 있어. 잠깐만 기다려 봐, 내가 얼른 갖다 줄게." 시빌이 마이클에게 말했다.

"아니야, 됐어. 내가 직접 내려가지 뭐."

그런데 몇 초도 안 돼 마이클이 외치는 소리가 들렸다. "케이 디 (K.D.)가 누구니?"

"어, 나야. 아마 거기 내 앨범도 몇 장 있을 거야." 나는 그렇게 소리친 뒤 아래층으로 내려가 레코드판을 살피기 시작했다. "넌 판에 표시 안 해 놨니?"

"응."

내가 케이 디라고 쓰인 레코드판을 골라내고 있는데 마이클이 갑자기 "저기 있잖아……."라고 운을 떼며 내 손목을 잡았다. "나 실은 너 때문에 온 거야. 한 번 더 만나고 싶었거든."

"어……." 마이클의 안경에 내 모습이 어른어른 비쳤다.

"너, 그 말밖에 못 하니?"

"내가 뭐라고 해야 하는데?"

"내가 대사까지 알려 줘야 해?"

"알았어……. 나도 네가 와 줘서 기뻐."

마이클의 얼굴에 미소가 번졌다. "그러니까 훨씬 낫다. 우리 잠깐 드라이브하지 않을래? 밖에 차 세워 놨어."

"아빠가 3시에 데리러 온댔어. 그 전까지는 다시 와 있어야 해."

"충분해." 마이클은 여전히 내 손목을 잡고 있었다.

에리카는 모든 사람들로부터 통찰력이 있다는 말을 들었다. 내가 마이클에게 관심이 있다는 것을 아직 아무에게도 말하지 않았을 때, 아니 나 스스로조차도 인정하지 않았을 때 에리카가 이미 그 사실을 알아차린 것은 아무래도 그 덕분인 듯싶다. 가끔씩 내가 남자애들한테 좀 심하게 빈정대는 것은 사실이다. 하지만 그건 관심 있는 남자애들에 한해서다. 다른 애들한테는 나도 얼마든지 상냥하고 친절하게 굴 수 있다. 에리카는 그런 나의 행동이 자신감이 없어서라고 했다. 잘은 모르겠지만 에리카의 말이 맞을 수도 있다.

시빌네 집을 빠져나온 지 얼마 안 돼 우리는 오버룩 병원 앞을 지나쳤다. 나는 마이클에게 목요일마다 방과 후에 그곳에서 자원

봉사를 하고 있다고 말했다. "간호사 언니들 보조하는 일이야. 여긴 내가 태어난 병원이기도 해."

"어, 나돈데." 마이클이 말했다.

"어머, 너 생일 몇 월이야? 우리 혹시 신생아실에 나란히 누워 있었던 거 아니니?"

"5월."

"와아. 난 4월인데." 나는 마이클을 슬쩍 돌아보았다. 마이클의 옆모습은 아주 근사했다. 하지만 코는 한 번 이상 부러졌던 게 분명했다. 마이클의 머리카락을 보고 있자니 에리카의 골든 레트리버 렉스가 생각났다. 머리색이 렉스의 털 색깔과 똑같았기 때문이다.

마이클은 언덕을 내려가 와청 레저베이션 공원 쪽으로 차를 몰았다. "옛날에 여기 자주 달렸었는데."

나는 머릿속으로 혼다 XL 70을 타고 질주하는 마이클을 상상해 보았다.

"크랩 애플이라고 내가 아주 예뻐하던 녀석이었는데, 갑자기 날 내동댕이치는 바람에 팔이 부러졌지 뭐야."

"아, 말 얘기였구나!" 나는 웃음을 터뜨렸다.

마이클이 날 흘깃 돌아보았다.

"난 네가 오토바이 얘기 하는 줄 알았어. 승마는 해 본 적이 없어서."

"그럴 줄 알았어."

아니, 이게 지금 좋은 말이래, 나쁜 말이래? 나는 그렇게 생각하며 "어떻게 알았어?" 하고 물었다.

"그냥 다 아는 수가 있어."

"그거 말고 또 뭐 알아냈는데?"

"나중에 말해 줄게." 마이클이 그러면서 싱긋 웃기에 나 역시 미소로 답해 주었다. "네 보조개, 참 예뻐."

"고마워⋯⋯. 우리 가족들은 다 있어."

우리는 차를 세우고 함께 내렸다. 춥고 바람도 셌지만 날은 화창했다. 우리는 호숫가로 걸어 내려갔다. 호수는 군데군데 얼어 있었다. 마이클이 작은 돌멩이 몇 개를 주워 물수제비를 뜨며 물었다. "내년엔 뭐 할 거니?"

"대학 가야지."

"어디?"

"아직 잘 모르겠어. 원서는 펜실베이니아 주립대랑 미시건이랑 덴버에 넣었는데 어디서 입학 허가가 나올지는 봐야지. 넌?"

"버몬트 대학이 되면 좋겠어. 미들베리나." 마이클이 내 손을 잡더니 벙어리장갑을 벗긴 뒤 제 외투 주머니 속에 집어넣었다. 우리는 손을 잡은 채 호수 주위를 걸었다.

"눈 왔음 좋겠다." 마이클이 내 손가락을 꽉 잡으며 말했다.

"나도."

"너 혹시 스키 타니?"

"아니. 난 그냥 눈이 좋아."

"난 스키 타는 거 굉장히 좋아해."

"나 수상 스키는 탈 줄 알아." 내가 말했다.

"그거랑은 달라."

"잘 타니? 스키 말이야."

"잘 타는 편이지. 원하면 가르쳐 줄 수도 있어."

"스키 타는 거?"

"응."

"그럼 정말 좋겠다."

트레일사이드 박물관까지 걸어가 안을 둘러보는데 마이클이 시계를 들여다보며 말했다. "이제 그만 돌아가야겠다."

"벌써?"

"2시가 넘었어."

날이 어찌나 춥던지 이가 딱딱 맞부딪쳤다. 찬바람 때문에 볼이 발갛게 얼어 있을 게 분명했다. 하지만 별로 신경 쓰이지는 않았다. 아빠가 늘 난 볼이 빨개지면 예쁘고 건강해 보인다고 했기 때문이다.

나는 차로 돌아와 앉자마자 두 손을 비비며 추위를 녹였고 마이클은 시동을 걸었다. 시동은 자꾸 꺼졌다. 마침내 시동이 걸리자 마이클이 가속 페달을 몇 번 밟아 주며 말했다. "이래야 확실해."

"응."

"키스해도 되니?" 마이클이 돌아보며 물었다.

"넌 키스하기 전에 늘 허락부터 구하니?"

"아니. 하지만 넌 어떤 반응을 보일지 짐작이 잘 안 돼서."

"해 보면 되잖아……."

마이클이 안경을 벗어 계기판에 올려놓았다.

나는 입술을 축였다. 마이클은 나를 계속 바라보기만 했다. "그 만 좀 봐. 떨리잖아."

"난 그냥, 안경을 벗으면 네가 어떻게 보이나 궁금해서……."

"어떻게 보이는데?"

"뿌옇게."

우리는 둘 다 웃음을 터뜨리고 말았다.

마침내 마이클이 내게 입을 맞췄다. 따뜻하지만 너무 축축하지 는 않은, 아주 멋진 키스였다.

마이클은 나를 시빌네 집 앞에 내려 주기 전에 한 번 더 키스를 했다. "넌 정말 달콤해." 마이클이 말했다.

내게 그런 말을 한 남자애는 이제껏 단 한 명도 없었다. 하지만 차 문을 열며 내가 생각해 낸 말은 고작 "그럼 또 봐……."였다. 정 말로 하고 싶었던 말은 그게 아니었는데.

3

　"아주 근사한 애를 만났어." 그날 밤 나는 엄마에게 그렇게 운을 띄웠다. "아직 고등학생이긴 하지만……." 엄마는 욕실에서 발톱을 깎고 있었다. "머리는 붉은빛이 도는 금발이고, 안경을 썼어. 스키 타는 거 좋아한대."

　"이름이 뭔데?" 엄마가 물었다.

　"마이클 와그너. 이름도 멋있지?"

　엄마가 고개를 들더니 빙긋 웃었다. "멋진 파티였나 보네?"

　"응, 뭐 그럭저럭. 이번 주 금요일 밤에 다시 만나기로 했어. 토요일에도."

　"어디 사는데?"

"서밋. 시빌이랑 같은 학교 다닌대. 엄마, 엄마 다 깎고 나도 그 손톱깎이 좀 빌려 줄래? 내 건 어디 갔는지 모르겠어."

"자." 엄마가 손톱깎이를 건네며 다짐을 받았다. "쓰고 꼭 제자리에 넣어 놔야 해."

"알았어."

우리 엄마의 이름은 다이애나다. 다이애나 댄지거. 이름만 보면 엄마는 영화배우나 뭐 그런 사람이 되었어야 했다. 하지만 엄마는 시립 도서관 아동 도서 담당 사서다. 그리고 워낙 마른 체질이라 앉은자리에서 컵케이크를 네 개나 먹든, 맥주를 원하는 만큼 마시든 전혀 걱정할 필요가 없었다. 엄마와 나는 168센티미터에 49킬로그램으로 키도, 몸무게도 똑같았다. 단, 엄마는 절벽이라 브래지어를 하는 법이 없었다.

내가 발톱을 깎고 있는데 제이미가 면바지를 들고 내 방으로 들어왔다. 제이미는 내 여동생이다. "언니, 이 바지 어때? 어제 언니가 파티 간 사이에 내가 수놓은 거야."

"멋진데? 너무너무 근사하다."

"언니 바지에도 해 줄까?"

"정말?"

"응."

"주말까지 되겠니?"

"글쎄……. 할 수 있을 것 같아."

"제이미." 나는 제이미를 와락 끌어안았다. "넌 정말 천사야, 천사!"

제이미는 7학년이고, 생긴 건 나랑 아주 비슷했다. 하지만 크고 동그란 눈은 내 눈보다 훨씬 더 예뻤다. 제이미의 눈을 보고 있으면 그 애의 영혼마저도 들여다보일 것만 같았다. 제이미의 눈은 어떨 때는 까만 눈동자의 가장자리만 초록색이었다가, 어떨 때는 할아버지의 눈처럼 전체가 초록과 잿빛으로 반짝거렸다. 나머지 식구들은 평범한 갈색 눈이었다. 단, 아빠는 양쪽 눈썹이 일자로 붙어 있었다. 아빠가 말하길 대학 때는 미간에 자란 눈썹도 면도를 하고 다녔단다.

제이미가 나한테서 몸을 도로 빼내며 물었다. "주말에 뭐 할 건데?"

"어젯밤에 만난 애 다시 만나기로 했어. 솔직히 말하면, 주말까지 기다리기 너무 힘들 것 같아." 내가 말했다.

"지금 그 말, 또 사랑에 빠졌단 뜻이야?"

"애가? 또는 무슨 또야? 내가 언제 사랑에 빠진 적이 있다고."

"그럼 토미 애론슨은?"

"그건 사랑이 아니라…… 그냥 유치한 열병 같은 거였어."

"언니가 언니 입으로 사랑이랬잖아. 내가 분명히 기억하는데?"

"그럼 그땐 내가 뭘 잘 몰랐던 거지."

"아아, 그래?"

"기다려 봐. 너도 이해할 날이 올 테니까."

"글쎄, 별로 그럴 것 같지 않은데." 제이미가 대꾸했다.

사실 나로서는 토미 애론슨이란 이름을 입에 올리고 싶지 않았다. 불과 몇 달이기는 했지만 작년에 내가 토미를 엄청 좋아했던 건 사실이다. 토미는 오하이오 주립대에 진학했는데, 캠퍼스 내 모든 여자들과 잠자리를 하느라 바빠 성적 불량으로 제적당하기 일보 직전이라는 소문이 들렸다. 그렇게 된다면 쌤통이다. 토미는 도무지 섹스 말고는 관심이 없었다. 그게 우리가 깨진 이유이기도 했는데, 자기와 자지 않으면 그럴 의향이 있는 다른 여자애를 찾겠다고 협박했기 때문이다. 오로지 거기에밖에 관심이 없으면 당장 그러라고 했더니 토미는 정말로 그렇게 했다. 여자애 이름은 도로시였는데, 올해 나랑 같은 영어 수업을 듣고 있다.

마이클과 토미 애론슨은 하늘과 땅 차이였다. 마이클은 내게 밤마다 전화를 걸었다.

"안녕. 나야, 마이클." 화요일이었다.

"안녕."

"나 지금 엄청 예쁜 열다섯 살짜리랑 침대에 같이 있어."

"뭐?"

"정말이야. 얘 이름은 타샤야. 회색 털이 북슬북슬하고 수염도 좀 나긴 했지만 내가 엄청 좋아해."

나는 웃음을 터뜨렸다. "슈나우저인가 보구나?"

"어떻게 알았어?"

"수염이 있다며. 근데 열다섯이면 꽤 늙은 거 아니니?"

"사람으로 치면 한 105살?"

"아직 돌아다닐 수 있니?"

"그럼. 옛날보다 짖는 것만 많이 줄었어. 잠깐만, 바꿔 줄게. 자, 타샤, 캐서린한테 '안녕.' 해 봐. 에이, 수줍어하지 말고……."

"안녕, 타샤. 멍멍!"

다음 날 밤, 나는 마이클에게 테니스를 칠 줄 아느냐고 물어보았다.

"아니. 왜? 넌 쳐?"

"응. 난 우리 학교 대표팀이야."

내가 대꾸했다.

"와, 너 이제 보니 스포츠광인가 보구나?"

"광은 무슨, 테니스랑 현대 무용 정돈데……."

"무용도 해?"

"어. 그냥 조금."

"그럼 너도 그 이상한 거 입고 펄쩍펄쩍 뛰고 그러겠다?"

"이상한 거?"

"그 왜 있잖아……."

"레오타드(무용수나 여자 체조 선수가 입는 몸에 딱 붙는 타이츠—옮긴이)
말이니?"

"그래, 그거."

"당연히 입지."

"한번 보고 싶은데?"

"언제 보게 될 수도 있지. 네가 운이 좋으면."

목요일 밤, 마이클은 전화를 해서 이렇게 물었다. "내가 내년까
지 다음 단계 스키 강사 자격증 딸 계획이라고 말했던가?"

"아니."

"음, 그럴 계획이야. 그건 그렇고 너 혹시 시금치 좋아하니?"

"시금치? 아니, 별로. 왜? 넌 좋아해?"

"응. 내가 젤 좋아하는 음식이야."

"뽀빠이처럼?"

"응. 뽀빠이처럼!"

"그럼 나도 좋아하도록 노력해 볼게. 하지만 장담은 못 해."

"너 내일이 금요일인 거 알지?"

"응."

"7시 30분 어때?"

"좋아."

"좋아. 그럼 내일 보자."

"그래, 내일 봐. 아, 마이클⋯⋯."

"응?"

"기다릴게."

　마이클을 다시 본다고 생각하니 가슴이 너무 떨렸다. 금요일 수업이 끝나자마자 집으로 와 머리를 감았다. 저녁밥은 한 입도 제대로 삼킬 수가 없었다. 엄마와 아빠는 재밌다는 듯 나를 보기는 했지만 뭐라고 놀리지는 않았다. 제이미 덕에 내 바지에는 작은 버섯들이 수놓아져 있었다. 나는 거기에 맞춰 입으려고 이미 하늘색 스웨터까지 사 놓았다. 여자애들 옷 색깔 가운데 남자애들이 가장 좋아하는 색이 하늘색이라는 기사를 어디선가 읽은 기억 때문이었다. 나는 삼십 분이나 일찍 준비를 마쳤다.

　내가 현관문을 열자마자 우리는 동시에 말을 쏟아 냈다. 그러고는 서로를 바라보다가 웃음을 터뜨렸다. 순간 모든 게 다 잘될 거라는 느낌이 들었다.

　나는 마이클을 거실로 안내했다.

　엄마와 아빠는 바닥에 엎드려 얼마 전 제이미가 디자인해 놓은 양탄자를 완성시키는 중이었다. 제이미가 캔버스에 밑그림을 그리면 갈고리 모양의 바늘로 색색의 리본 띠를 잡아당겨 수를 놓는 것은 우리 세 사람 몫이었다. 양탄자 만들기는 아주 쉽고 재미있는 일이지만 마이클이 어떻게 생각할는지는 모를 노릇이었다. 순간 나는 엄마 아빠에게 텔레비전 앞에 얌전히 앉아 있어 달라고 미리 부탁하지 않은 게 무척 후회됐다.

"마이클 왔어요." 내가 말했다. "우리 부모님 소개시켜 줄게. 엄마, 아빠. 그리고 이쪽은 마이클 와그너."

아빠가 일어서더니 마이클과 악수를 했다. 엄마는 마이클을 잘 보려고 안경을 머리 위로 밀어 올렸다. 엄마의 안경은 바로 눈앞에 있는 것만 잘 보이게 해 주는 돋보기안경이었다.

마이클이 목청을 다듬더니 거실을 둘러보며 입을 열었다. "집이 정말 근사한데요?"

그러자 엄마가 좋아하며 말을 받았다.

"어머, 고맙다. 우리 생각도 그래."

우리 집에 대해 잠깐 설명하자면, 사실 밖에서 보면 아주 평범했지만 실내는 마이클 말대로 무척 근사했다. 하얀 벽에는 아름다운 색을 뿜어내는 제이미의 수많은 그림과 태피스트리(여러 가지 색실로 그림을 짜 넣은 직물로 벽걸이나 가리개 등으로 쓰임—옮긴이)를 걸어 놓았다. 제이미의 작품은 여느 열두 살짜리 애들의 것과는 수준이 달랐다. 제이미는 소위 천재성을 타고난 아이였다. 따라서 엄마가 키우는 화초들과 제이미의 작품들만 잘 조화시켜 놓으면 다른 건 아무것도 필요 없었다. 우리 집 가구들은 아주 소박했고, 색도 모두 베이지 계열이라 눈에 잘 띄지 않았다. 그리고 그게 바로 우리가 원하는 바였다.

제이미가 계단을 후다닥 뛰어 내려오며 소리쳤다. "언니 친구 벌써 왔다 갔어? 나만 못 본 거야?" 그러다 마이클과 마주치자 제이미는 얼굴이 빨개지고 말았다. "어…… 아직 있었구나."

마이클이 싱긋 웃었다.

"혹시 못 알아봤을까 봐 하는 말인데, 얘가 내 동생 제이미야." 내가 장난스럽게 제이미를 소개했다.

"안녕, 제이미."

"안녕하세요?" 마이클과 제이미가 인사를 주고받았다.

제이미는 아직 여러 면에서 어린애였다. 그리고 부모님 말에 따르면 나를 동경의 대상으로 삼았다. 가만히 따져 보면 내 생각에도 그런 것 같기는 했다. 내가 이 사실을 깨닫기까지는 꽤 오랜 시간이 걸렸지만 막상 알고 나니 동생의 다양한 재능에 대한 질투심을 극복하는 데 큰 도움이 됐다. 물론 내 질투심은 아직도 가끔씩 불쑥불쑥 고개를 쳐들 때가 있다. 가령 제이미가 만든 거라면 마이클이 무조건 껌뻑 넘어갈 때나 뭐 그럴 때. 하지만 나는 잘 알고 있었다. 마이클은 제이미 기분을 좋게 하려고 그러는 게 아니라 정말로 감동을 받았기 때문에 칭찬한다는 것을.

나는 얼른 재킷을 입고 마이클과 함께 집을 나섰다. 우리는 블루스타 극장으로 가 손을 잡았다. 영화고 뭐고 내 머릿속은 온통 나중에 마이클과 단둘이 있게 될 때에 대한 생각뿐이었다.

영화가 끝난 뒤 우리는 22번 도로에 있는 식당에 들렀다. 식사가 끝나자 마이클이 물었다. "이 근처 어디 조용한 주차장 아는 데 있니?"

"아니. 근데 주차장 말고 그냥 우리 집으로 가."

"너희 부모님이 싫어하시지 않을까?"

"우리 엄마랑 아빠는 내가 어디 낯선 데다 차 세워 놓고 있는 것보다 친구들 데리고 집에 와 있는 걸 더 좋아하셔."

"좋아. 그럼 다시 너희 집으로 가자, 캐서린."

나는 사실 사람들이 어디에 차를 세우는지 정확히 알고 있었다. 우리 집에서 멀지 않은 어둡고 막다른 길로, 근처에는 골프장과 언덕이 있었다. 에리카네 집은 그 언덕바지에 있었다. 에리카는 허구한 날 길에서 쓰고 버린 콘돔을 발견했다. 어떻게 그런 걸 차창밖으로 휙 던지고 잊어버릴 수 있는지 도무지 이해가 안 갔다.

엄마와 아빠는 내가 운전하는 남자애들과 데이트를 시작하자마자 나를 앉혀 놓고 주차에 대한 강연을 벌였었다. 으슥한 데다 차를 주차시키는 것은 아주 위험한데, 우리가 차 안에서 무슨 짓을 저지를지 모르기 때문이 아니라, 이 세상에 주차한 커플을 노리는 미친 인간들이 너무 많기 때문이라고 했다. 그래서 나는 남자 친구가 생기면 늘 집으로 데리고 갔다.

우리 집에는 거실 옆에 식구들의 방해를 받지 않고 혼자 조용히 있을 수 있는 작은 방이 하나 딸려 있었다. 그 방은 크기만 좀 작았지 있어야 할 건 다 있었다. 벽난로에 등받이 의자 두 개에 붙박이

스테레오까지. 창문 아래에는 앉으면 몸이 쑥 가라앉는 푹신푹신한 소파가, 그리고 바닥에는 가운데에 사자 얼굴이 그려진 아주 크고 멋있는 양탄자가 깔려 있었다.

엄마와 아빠는 외출을 하거나 손님이 와 있지 않으면 비교적 일찍 잠자리에 드는 편이었다. 마이클과 함께 집에 와 보니 두 분은 벌써 주무시고 계셨다. 나는 딱히 정해진 귀가 시간은 없었지만 집에 돌아오면 돌아왔다고, 아무 탈 없이 잘 놀다 왔다고 알리도록 되어 있었다. 그래서 발끝으로 조용조용 계단을 올라가 "쉿, 저예요……. 집에 왔어요."라고 속삭였다. 그러면 아빠가 내 목소리를 듣고 뭐라고 뭐라고 중얼거린 뒤 돌아누워 다시 주무시는 게 보통이었다.

아래층으로 내려오니 마이클이 음악을 틀어 놓은 채 불을 뒤적이고 있었다. 나는 방문을 닫고 소파에 앉았다. 마이클이 안경을 벗어 탁자 위에 내려놓더니 내 옆으로 와 앉았다. 우리는 서로에게 팔을 둘렀고, 나는 얼굴을 살짝 들어 올렸다. 그런데 키스를 나누기 시작한 지 얼마 안 돼 마이클이 물었다. "너 혹시 이 닦았니?"

"응."

"너한테서 치약 맛이 나."

"많이 나?"

"난 뭐 상관없는데……. 입술이 차가워."

"정말?"

"응."

"몰랐어."

"괜찮아……. 곧 따뜻해질 거야."

"응, 그랬으면 좋겠다."

키스를 다시 시작하자 마이클이 혀를 움직였다. 나는 마이클이 계속 그렇게 하기를 바랐다.

우리는 한 시간이나 소파에 함께 앉아 있었다. 마이클은 스웨터 위로 내 몸을 더듬었다. 하지만 손이 스웨터 아래로 들어오려는 순간 나는 마이클을 제지했다. "그만……. 내일 할 일도 좀 남겨 놔야지."

마이클은 강요하지 않았다. 대신 내 볼과 귀에 차례차례 키스한 뒤 조용히 속삭였다. "아직 안 해 봤니?"

그런 걸 이렇게 대놓고 물어 온 남자애는 이제껏 단 한 명도 없었다. 토미 애론슨조차도 그런 질문은 던지지 않았으니까.

"응……. 그런데 그건 왜? 무슨 문제라도 있니?"

"아니……. 하지만 나도 알고 있는 게 좋아."

"이제 알았으니까 됐지?"

"캐서린, 과민 반응 하지 마. 창피해할 필요 없단 말이야."

"창피해하지 않아."

"그럼 됐어. 그냥 잊어버리자. 난 아까나 지금이나 똑같아. 너도 여전히 좋고, 너랑 있는 것도 좋고."

"나도."

　나는 한밤중에 문득 마이클이 그런 질문을 던진 이유가 내 마음을 떠보기 위해서란 사실을 깨달았다. 내가 만약 경험이 있었다면 마이클은 나와 사랑을 나눴을 게 거의 확실하다. 순간 두려웠던 것은 내가 정말로 뭘 원하는지 모르고 있다는 사실이었다.

4

아빠는 약사다. 아빠가 운영하는 댄지거 약국과 댄지거 2호점은 각각 시내와 크랜포드에 있다. 아빠는 또 운동을 굉장히 좋아했다. 일주일에 네 번씩 헬스클럽에 갔고, 아침 7시 반부터 8시 반까지 하루도 거르지 않고 테니스를 쳤다.

내 탁월한 운동 신경은 아무래도 아빠한테 물려받았지 싶다. 나는 여덟 살 때부터 테니스를 시작했는데 실력이 수준급이다. 제이미의 목표 중 하나는 나만큼 테니스를 치는 거였다. 운동에는 젬병인 애가. 나는 제이미가 그냥 자기가 잘하는 일에 전념하는 게 좋다고 생각한다. 모든 걸 다 잘하는 사람은 없으니까. 예를 들어 음악이나 미술에 관한 한 나는 죽었다 깨어나도 제이미처럼 될 수 없다. 그리고 그 사실을 누구보다도 잘 알고 있다. 나는 나 자신에 대해 아주 냉철하다. 그리고 누구나 그래야 한다고 생각한다.

아빠는 엄마에게 당장 헬스를 시작하지 않으면 허벅지 살이 축 처질 거라고 계속 겁을 주었다. 나로서는 엄마의 몸 어딘가가 처진다는 걸 도저히 상상할 수 없었다. 하지만 이혼한 엄마 친구가 몇 달 전에 비슷한 말을 하는 걸 우연히 엿들었다. "얘, 다이애나, 너도 좀 가꿔. 로저는 아직도 매력이 철철 넘치는데 넌 이게 뭐니? 너, 남자들은 지금 로저 나이 때가 제일 위험한 법이야."

엄마는 "아우, 말 같지도 않은 소리 집어치워."라고 대답했다. 하지만 내가 아홉 살, 제이미가 네 살이었을 때 한집에 같이 살면서 우리를 봐주던 언니 생각을 해 보면 엄마가 늘 그렇게 여유 만만한 것도 아니었다. 그 언니는 아빠를 좋아해 엄마와 아빠가 외출만 했다 하면 옷장으로 달려가 아빠의 옷과 물건을 만졌다. 심지어 코를 박고 냄새를 맡기도 했다. 나는 결국 엄마에게 일러바쳤고, 우리는 그 언니를 두 번 다시 보지 못했다.

크리스마스가 가까워 오면 약국은 눈코 뜰 새 없이 바빠졌다. 그럼 나는 방학 동안 화장품 파는 일을, 제이미는 가끔씩 선물 포장하는 일을 도왔다. 마지막 순간에 이르러서야 선물을 준비하는 사람들이 얼마나 많은지! 그런 사람들은 손에 잡히는 거라면 아무거나 다 샀다.

1월이 되면 가게는 서서히 여유를 되찾았고, 엄마와 아빠는 월

말에 일주일 정도 멕시코로 휴가를 떠났다. 이 기간 동안에는 할머니와 할아버지가 오셔서 우리를 돌봐 주셨다. 두 분은 엄마 쪽, 그러니까 외할머니, 외할아버지였다. 친할아버지와 친할머니는 모두 돌아가시고 안 계셨다. 외할머니의 이름은 핼리 그로스. 비록 낙선의 고배를 마시기는 했지만 할머니는 의회 선거에 출마한 경력도 있었다. 할머니와 할아버지는 뉴욕에서 변호사 사무실을 함께 운영하셨다. 할아버지는 뇌졸중을 일으킨 뒤로 더 이상 사건을 맡지 않으셨지만 사무실에는 꼬박꼬박 나가 앉아 계셨다. 하지만 사무실을 실질적으로 꾸려 나가는 것은 엄마의 오빠, 그러니까 하워드 삼촌이었다. 할머니는 정치와 가족 보건 복지 협회와 여성 협회 일을 하느라 정신이 없으셨다. 일흔이 다 되어 가는 연세에 그렇게 왕성히 활동하는 할머니가 그저 신기할 뿐이다.

나는 엄마와 아빠가 휴가를 떠나기 전날 밤 친구들을 초대했다. 두 분이 상관없다고 했기 때문이다. 마이클은 아티 르윈이라는 친구를 데리고 왔고, 나는 에리카를 불렀다. 에리카 얘기가 나온 김에 한 가지만 더. 에리카는 누구랑 붙여 놓든 걱정할 필요가 없는 애다. 세상에서 가장 끔찍한 남자애를 소개해 줘도 자기가 아주 특별한 사람을 만나고 있기나 한 것처럼 연기를 잘했다. 에리카가 그 남자애와 스킨십을 한다거나 뭐 그런 뜻은 아니다. 다만 늘 적절한 대화거리를 찾아냈고, 남자애는 항상 다시 전화를 걸어와 만나자고 했다. 할머니는 에리카에게 정치가 기질이 다분하다고 하셨다.

아티는 나 정도 되는 키에 잘 빠진 몸매, 작은 반점들이 그대로 들여다보이는 투명한 눈 그리고 끝내주는 치아의 소유자였다. 에리카에게는 그야말로 안성맞춤이었다. 에리카는 이가 희고 고른 남자애를 좋아했다.

우리는 먼저 둥글게 모여 앉아 이야기를 좀 나누었다. 그러다가 아티가 한 가지 제안을 했다. "우리 백개먼(서양식 주사위 놀이─옮긴이) 게임 하지 않을래?"

"어, 그 게임은 우리 집에 없는데." 내가 말했다.

"괜찮아." 아티가 대꾸했다. "차에 내 거 있어."

"아니, 그걸 가져왔단 말이야?" 에리카가 물었다.

"난 늘 가지고 다녀. 혹시 모르니까."

"혹시 뭘 모르는데?" 에리카가 물고 늘어졌다.

"더 이상 할 게 없다든가 뭐 그럴 때 있잖아. 백개먼 하기 싫으면 모노폴리나 클루, 야치, 체스……."

"스크래블도 있잖아." 마이클이 덧붙였다.

"아, 맞다. 스크래블도 있지."

"너 아주 보드게임 이동 전시장이구나?" 에리카가 말했다.

"자, 어서 하나 골라 봐. 뭐 하고 싶니?" 아티가 물었다.

"백개먼." 에리카가 대답했다.

"좋았어. 금방 가져올 테니까 잠깐만 기다려."

우리는 게임을 가지러 차로 뛰어가는 아티를 보며 웃고 말았다.

에리카는 백개먼 전문가로, 아주 공격적으로 게임 하는 스타일이었다. 하지만 10시까지 에리카는 아티에게 두 판이나 지고 있었다. 게임은 지금부터였다.

마이클과 나는 소파에 앉아 있었다. 나는 마이클의 손을 잡고 손가락으로 손금을 따라가며 말했다. "오호, 아주 흥미로운데?"

"너 손금 볼 줄 아니?"

"조금."

"뭐가 보이니?"

"음, 생명선이 길어……. 이건 좋은 거야. 그리고 이쪽에는 갈색 머리 여자애가 보이는데……?"

"그건 나한테도 보여." 마이클이 내 눈을 들여다보며 속삭였다.

심장이 미친 듯이 뛰기 시작했다. 나는 마이클 쪽으로 바짝 다가가 손을 꼭 잡은 채 어깨에 머리를 기댔다. 마이클이 내 어깨에 팔을 둘렀다.

10시 30분. 우리는 아티와 에리카를 설득해 게임을 잠시 멈추게 하고 피자를 먹으러 갔다. 집에 돌아와 보니 엄마와 아빠는 이미 주무시러 올라간 뒤였다. 마이클이 작은 방의 벽난로에 불을 붙였다. 전깃불은 모두 껐다. 에리카와 아티는 등받이 의자에 잠시 같이 앉아 있더니 곧 일어나 방문을 꼭 닫아 주고 다른 방으로 가 버렸다.

"네 머리카락 정말 탐스러워." 마이클이 얼굴을 파묻으며 속삭였다. "향도 늘 좋고." 마이클이 내 귀와, 목과 입술에 차례로 입을 맞추더니 소파에서 일어나 불 앞으로 걸어갔다. "너도 내 옆에 와서 누워, 캐스……. 여기, 불 앞에."

우리가 주말마다 만난 지도 벌써 오 주째였다. 나는 진도를 천천히 나가자고 마이클에게 부탁했고, 마이클은 그러겠다고 약속했다. 나는 마이클 옆으로 가 누웠다. 내 몸에 맞닿아 있는 그 애의 몸이 느껴졌다. 마이클이 스웨터 밑으로 손을 넣어 브래지어 고리를 풀려고 했다. 마이클이 쩔쩔매는 것을 보고 있자니 도와줘야 하는 건지, 그냥 가만히 누워 계속 기다려야 하는 건지 고민됐다. 마침내 고리가 풀렸다. 마이클의 손이 차가웠지만 나는 움찔하지 않았다. 대신 마이클의 몸에 내 몸을 최대한 더 밀착시켰다.

"너 때문에 미칠 것 같아." 마이클은 내 몸을 더듬었고, 우리는 레코드판의 음악이 세 번 반복될 때까지 키스를 멈추지 않았다. 그러나 마이클의 손이 더듬거리며 내 바지 단추 쪽으로 내려가는 순간 나는 벌떡 일어나 앉고 말았다. "안 돼……. 지금은 안 돼……. 다른 방에 애들 있잖아."

마이클이 배를 깔고 돌아누우며 끙 소리를 냈다. 나는 몸을 숙여 마이클의 머리를 쓰다듬었다. "화난 거 아니지?"

"응."

"정말이지?"

"어……. 하지만 진짜 좀 힘들다……."

"알아……."

"나 잠깐만 혼자 있을게, 괜찮지?" 마이클이 물었다.

"어, 그럼." 혼자 있을 시간이 필요하기는 나도 마찬가지였다. 중간에 멈추는 건 나도 쉽지 않았다.

나는 거실에서 무슨 일이 벌어지고 있을지 몰라 천천히 방문을 열었다. 하지만 에리카와 아티는 식탁 앞에서 모노폴리를 하고 있었다. 에리카는 모노폴리라면 지는 법이 없었다. 은행에서 돈을 훔쳐 오는 속임수를 썼기 때문이다.

"어이구, 드디어 나왔네?" 에리카가 나를 살펴보며 말했다. "너희 둘, 완전히 포기하려던 참이었어."

"어, 우리…… 그러니까……."

에리카가 손을 들어 올렸다. "됐어. 사소한 것까지 시시콜콜 듣고 싶지 않아."

"마이클은 어디 있니?" 아티가 물었다.

"금방 나올 거야."

나는 위층 욕실로 올라가 얼굴에 찬물을 끼얹었다. 아티와 에리카가 없었다면 내 바지 단추를 열려고 했던 마이클의 손을 막아 낼 수 있었을까 하는 의문이 들었다. 자신이 없었다. 남자애들이 이제 그만 돌아가 줬으면 좋겠다는 생각이 들었다.

아래층으로 내려오니 마이클은 벌써 재킷을 입고 있었다. "이제 그만 가 봐야겠어." 마이클이 말했다. "시간이 벌써 꽤 됐어. 그럼 다음 주에 봐." 마이클이 가벼운 키스를 건넸다.

에리카더러 같이 자자고 한 것도 후회되었다. 나는 잘 준비를 하는 에리카를 보며 "아무래도 작은 방 불 끄는 걸 깜빡한 것 같아. 금방 올게."라고 말한 뒤 아래층으로 내려갔다. 불은 당연히 다 꺼져 있었다. 하지만 에리카는 모르니까 상관없었다. 나는 마이클과 함께 누워 있었던 양탄자 위에 주저앉았다. '우리 양탄자'라는 생각이 들었다. 나는 양탄자를 가만히 쓰다듬었다. 아직 온기가 느껴졌다.

방으로 올라와 보니 에리카는 침대에 누워 있었다. "꺼야 할 불이 한두 개가 아니었나 보구나?"

"응." 나는 에리카를 바라보았다. "아티 어땠어? 마음에 들어?"

"괜찮은 것 같아. 근데 수줍음을 좀 타나 봐. 키스할 엄두도 못내는 거 보면."

"별로 수줍음 타는 애 같지 않던데."

"알아……. 그러니까 웃기는 거지. 나한테서 혹시 입 냄새 나니?" 에리카가 벌떡 일어나 앉더니 상체를 숙이며 내 얼굴에 입김을 훅 불었다.

"좋기만 한데?"

"그럼 내가 마음에 안 들었나 보다. 자기한테 너무 작다고 생각했나 봐."

"그런 거 아닐 거야."

"내 생각에 걘 아직 경험이 없는 것 같아." 에리카가 말했다. "그럼 내가 도와줄 수 있을 거야. 난 상관없거든……. 걔 치아 정말 마음에 들어."

나는 잠옷을 입었다. "그럴 줄 알았어."

"그나저나 마이클 얘기 좀 해 봐, 캐스."

"무슨 얘기?"

"애는 어때? 괜찮아?"

"어…… 응. 자기가 뭘 하는지를 아는 애 같아."

"사랑하니?"

"그냥 아주 많이 좋아……. 내가 지금 아는 건 그게 다야." 나는 불을 껐다. 아직은 마이클을 사랑한다고 말하고 싶지 않았다. 토미 애론슨 때는 사랑이라고 너무 빨리 믿어 버렸다. 친구도 되기 전이었는데. 나는 마이클에 대해 벌써 꽤 많은 것을 알고 있다. 토미에 대해 알았던 것보다 훨씬 더 많이. 그리고 작년에 토미에게 느꼈던 감정은 지금 마이클에 대한 감정에 비하면 정말 아무것도 아니었다.

"너 아직 처녀니?" 에리카가 물었다.

"응."

"마이클은?"

"몰라……. 안 물어봤어."

"내가 생각을 좀 해 봤는데, 대학 가기 전에 경험하는 거, 그다지

나쁘지 않을 것 같아." 에리카가 말했다.

"아무하고라도?"

"글쎄……. 물론 상대한테 매력은 좀 느껴야겠지."

"사랑은?"

"섹스에 사랑이 꼭 필요한 건 아니야."

"하지만 사랑하면 그만큼 더 의미 있잖아."

"글쎄, 난 잘 모르겠어. 어차피 처음은 별로라고들 하는데 뭐."

"그러니까 적어도 사랑하는 사람이랑 해야지." 내가 말했다.

"그럴지도 모르지……. 하지만 난 정말, 얼른 해치워 버리고 싶
어."

"도대체 요점이 뭐야?"

"머릿속에 온통 그 생각뿐이야……. 과연 누구랑 하게 될까 싶
어서. 오늘 밤만 해도 그래, 계속해서 나랑 아티를 상상했어. 학
교에서도 마찬가지고. 교실에 앉아 남자애들을 순서대로 한 명
씩……."

"정말?"

"그래. 심지어는 선생님들까지도……. 특히 프레이지어 선생님.
그 선생님, 지퍼를 끝까지 올리는 법이 없잖아. 솔직히 말해 봐, 캐
스. 넌 안 그러니?"

"나도 뭐 그렇긴 하지……. 하지만 난 그 순간이 아주 특별했음
좋겠어."

"넌 정말 낭만주의자구나." 에리카가 말했다. "하긴 넌 언제나 그랬지. 난 현실주의자고."

"얼씨구? 슬슬 교수님처럼 말을 하네?"

"정말이야." 에리카는 진지했다. "우린 섹스에 대한 시각이 달라. 난 섹스를 단순한 육체적 행위로 보는데 넌 그게 사랑을 표현하는 한 가지 방법이라 생각한다고."

"꼭 그런 건 아니라니까……."

"그래 뭐, 아닐지도 모르지……. 하지만 내가 받는 인상은 그래."

"글쎄, 그건 네가 마이클을 몰라서 그래……. 지금 내가 할 수 있는 말은 이게 다야."

제이미는 특기가 하나 더 있다. 바로 요리를 할 줄 안다는 거다. 나처럼 핫도그, 햄버거 정도가 아니라 미식가들이나 먹는 진짜 굉장한 요리를 만들 줄 알았다. 2월 첫째 주, 할머니와 할아버지가 우리와 함께 지내기 위해 오셨을 때 요리는 제이미가 도맡아 했다. 할머니와 제이미는 밤마다 요리 책을 들여다보며 다음 날 요리할 음식을 정한 뒤에야 잠자리에 들었다. 제이미가 학교에 간 사이 할머니는 장을 봐 왔다. 한번은 요리 재료에 나와 있는 특별한 향료를 구하러 뉴욕까지 되돌아갔다 오신 적도 있었다. 제이미가 수업을 마치고 돌아오면 두 사람은 함께 부엌에서 그날의 만찬을 준비했다. 제이미는 양파 다지기 같은 잔일만 할머니에게 시키고 나머지 중요한 일들은 모두 혼자 했다. 워낙 공을 들여 만든 음식들이라 우리는 거의 매일 저녁 손님들을 초대했다. 할머니는 시장부터 생선 장수까지, 그야말로 모르는 사람이 없었기 때문에 누가 초인종을 누를지는 가히 예측 불허였다.

두 사람이 요리를 하는 동안 할아버지는 계속해서 부엌을 들락날락하며 냄비 뚜껑을 열고 냄새를 맡으셨다. 뇌졸중을 앓으신 뒤로 할아버지는 지팡이에 의존하셨고, 말하는 데도 문제가 생겨 적절한 단어를 금방 떠올리시지 못하는 경우가 종종 있었다. 할아버지가 간단한 문장을 만드는 것조차 힘들어하시는 걸 보는 건 슬펐다. 그리고 무슨 말을 하고 싶으신지 뻔히 아는데 도와 드리지 않고 참고 있기란 여간 힘든 게 아니었다. 엄마는 어려서부터 할아버지와 무척 가까웠기 때문에 이런 할아버지를 지켜보며 무척 괴로워했다. 하지만 할머니는 아무 문제도 없는 것처럼 할아버지를 대하셨다.

우리 할머니 할아버지처럼 부부 사이가 좋은, 행복한 가정에서 자란 아이들은 나중에 커서 화목한 결혼 생활을 한다는 말을 들은 적이 있다. 맞는 말 같다. 엄마와 아빠는 내가 아는 커플들 가운데 가장 행복한 부부다. 두 분은 함께 있는 걸 정말로 좋아했다. 물론 이것이 두 분의 의견이 늘 일치한다는 뜻은 아니고 정말 그렇지도 않았다. 하지만 설전 뒤에는 항상 웃음이 뒤따랐고, 나는 두 분의 그런 점을 좋아했다.

엄마와 아빠가 여행을 떠난 그 주 목요일, 마이클이 날 데리러 병원으로 찾아왔다. "몇 층에서 일하니?" 마이클이 물었다.

"3층 노인 병동." 내가 대답했다.

"노인 병동이라. 할머니, 할아버지 들 돌보는 데?"

"응."

"왜 거기로 배치된 거야?"

"내가 지원했어."

"왜?"

"말하자면 좀 긴데……."

"괜찮아."

"설명하기가 좀 어려워."

"말해 줘. 정말 알고 싶어서 그래."

"그게 그러니까…… 나 어렸을 때 우리 친할머니가 트렌턴에 있는 양로원에 계셨어. 그래서 일요일마다 온 가족이 할머니를 뵈러 갔었지. 그런데 난 거기만 갔다 하면 울음을 터뜨렸어……. 너 이 얘기 정말 듣고 싶니?"

"응."

"좋아, 그럼……. 엄마랑 아빠는 차를 오래 타서 피곤해서 그럴 거라고 설명했지만…… 실은 난 그곳이 싫어서 그랬어. 냄새만 맡아도 속이 울렁거렸거든. 이해되니?"

"계속해."

"난 우리 친할머니가 정말로 어떤 사람인지 제대로 경험하질 못했어. 할머닌 그냥…… 구부정한 손가락에 피부가 쭈글쭈글한 노인네에 불과했고, 난 그런 할머니가 무서웠거든. 다른 노인들도 마찬가지였고……. 거기 있는 노인네가 날 붙잡아 옷장에 가두면 어쩌지, 엄마랑 아빠가 날 찾아내지 못하면 어쩌지 하고 얼마나 겁을 냈는지 몰라……." 나는 말을 계속하기 전에 마이클을 슬쩍 돌아보았다. "그러다가 내가 일곱 살 때 할머니가 돌아가셨어. 난 기뻤지. 더 이상 트렌턴에 갈 필요가 없게 됐으니까……. 맙소사, 이 얘기 지금까지 아무한테도 한 적 없는데……." 나는 숨을 한 번 깊이 들이켰다. "그런데 우리 할아버지가, 아, 우리 외할아버지 말이야. 너도 오늘 만나게 될 거야. 작년에 편찮으셔서 병원에 문병을 갔는데 문득 많이 늙으셨구나 하는 생각이 드는 거야. 하지만 조금도 무섭지 않았어. 할아버질 사랑하니까. 너한텐 좀 이상하게 들릴지도 모르지만, 그래서 노인 병동 일을 자청한 거야."

"전혀 이상하지 않아." 마이클이 말했다.

"그렇다고 괜히 쓸데없는 상상 하고 그러진 마. 난 나이팅게일이랑은 거리가 멀어. 피니 상처니, 그런 거 별로 좋아하지 않는다고. 그리고 사실 환자들을 위해 하는 일도 별로 없어. 그냥 편지랑 꽃다발 같은 거 전해 드리고, 목마르다고 하시면 물 좀 갖다 드리고, 침대 정리해 드리고…… 그런 쉬운 일들밖에 안 해. 그래도 일을 하면 기분이 좋아져……."

"유니폼 입은 모습도 예쁘고."

나는 외투를 더 꼭 여미며 웃음을 터뜨렸다. "난 이 옷만 입었다 하면 내가 되게 우습게 느껴지는데……. 꼭 연극이나 뭐 그런 데 출연하려고 분장한 애 같아서 말이야."

"아, 마침 연극 얘기가 나와서 말인데, 이 주 후에 우리 학교에서 연극 공연이 있어. 아티가 주인공이야."

"아티가? 무대에 선 아티라…… 상상이 잘 안 가는데?"

"왜?"

"글쎄……. 그냥 왠지 걔한텐 잘 안 어울려."

"두고 봐, 깜짝 놀랄걸."

"굉장히 소심한 것 같던데."

"아티가 소심하다고……? 절대 아니야."

"너랑 있을 땐 아니겠지." 내가 말했다.

"너 지금 에리카 말하는 거구나!"

"응."

"글쎄, 그쪽으로는 나도 잘 모르겠어……."

"됐어. 어쨌거나 아티가 연기하는 거 나도 보고 싶어."

"좋아. 그리고 연극 끝나면 파티도 있어. 엘리자베스 헤일리네 집에서."

"너 걔랑 사귀지 않았었니?"

"그런 건 아니야."

"하지만 송년 파티 때······."

"잠깐 만나긴 했어. 하지만 특별한 건 아니었어."

"아무리 그래도 날 데리고 걔네 집에 가는 건 좀 이상하지 않아?"

"이상하긴 뭐가 이상해?" 마이클이 운전대에서 한 손을 떼더니 내 손을 잡으며 말했다. "같이 가는 거야, 알았지? 무슨 대단한 비밀도 아니잖아." 나는 마이클의 손을 꼭 잡았다.

집에 가 보니 할머니, 할아버지, 제이미가 디니지오 가족과 샐러맨더 부부를 초대해 식사 중이었다. 디니지오 가족은 우리 옆집에 사는데, 나는 예전에 그 집 아이들을 봐주곤 했었다. 그리고 샐러맨더 아저씨와 아주머니는 우리 집 단골 정육점 주인이었다. 나는 한 사람씩 돌아가며 마이클을 소개해 주었다. 할머니가 우리더러 디저트만이라도 같이 먹자고 고집하셨다. 디저트로는 아몬드 소스를 곁들인 초콜릿 무스가 준비되어 있었다. 마이클이 이렇게 맛있는 건 처음 먹어 본다고 하자 제이미의 얼굴이 환하게 빛났다.

그러고 나서 마이클은 돌아가야 했고, 나는 스페인어 시험 준비를 해야 했다. 나는 마이클을 따라 나가 잠시 차 안에 함께 앉아 있었다. 우리는 작별 키스를 했다.

나중에 할머니가 먼저 운을 뗐다. "걔, 애가 괜찮더라, 캐스."

"알아요."

"똑똑한 것 같고."

"네."

"매력도 있고."

"맞아요."

"그래도 딱 한 가지만 충고하겠는데……. 조심하도록 해."

"뭘요?"

"임신."

"할머니!"

"성병하고."

"할머니, 제발요……."

"이런 얘기 하는 거 쑥스럽니?"

"아니요, 그런 게 아니라……."

"쑥스러워할 것 없어."

"할머니, 그런 게 아니라니까요……. 우린 같이 잔 적도 없어요."

"아직 없는 거지." 할머니가 말했다.

옛날에는 여자들이 두 종류로 나뉘었다고 한다. 헤픈 여자들과 헤프지 않은 여자들. 엄마가 해 준 이야기다. 요조숙녀들은 당연히 헤프지 않았고, 남자들은 결혼 상대로 그런 여자를 원했다. 나는 우리가 더 이상 그런 시절에 살지 않는다는 사실이 기뻤다. 하지만 나이 드신 분들이 우리 세대는 무조건 난잡하리라 생각하는 것에는 화가 났다. 요즘 애들은 죄다 마약을 한다고 생각하는 부류가 바로 이런 어른들일 것이다. 우리가 부모 세대에 비해 개방적인 것은 사실이다. 그러나 그건 우리가 섹스를 자연스러운 일로 받아들이고 거기에 대해 스스럼없이 이야기한다는 뜻이지, 죄다 침대로 뛰어든다는 뜻은 아니다. 할머니가 나와 마이클을 그런 의미에서의 연인이라고 생각하시다니, 정말 의외였다.

할머니와 할아버지가 우리 집에서 묵는 마지막 날 저녁, 두 분은 링컨 센터에서 열리는 콘서트에 가고 싶어 하셨다. 입장권은 이미 사 둔 상태였다. 나는 마이클을 불러 제이미와 함께 놀 테니 걱정 말고 다녀오시라고 할머니를 안심시켰다. 제이미도 대찬성이었다. 마이클을 위해 요리하게 된 것을 무척 좋아하는 눈치였다. 할머니가 마침내 말씀하셨다. "디니지오 부부랑 이야기했는데 오늘 저녁엔 어디 안 가고 집에 있는다더라. 너, 그 집 전화번호 알지? 혹시 불이라도 나거나 하면……."

"네, 알아요." 내가 말했다.

"그래, 그럼 잠깐 다녀와도 될 것 같구나."

"할머니도 참. 저 9학년 때부터 베이비시터 아르바이트 했어요." 내가 말했다.

"그래, 알아. 하지만 너희 엄마 아빠가 여행 가고 없으니 내가 책임감을 느낄 수밖에 없지."

"아무 일 없을 거예요. 그러니까 걱정 꽉 붙들어 매시고 재밌게 다녀오세요."

제이미는 하루 종일 요리를 했다. 메뉴는 마르살라 소스를 곁들인 송아지 요리와 시금치 샐러드 그리고 레몬 시폰 파이였다. 마이클은 주는 것마다 다 잘 먹었다. 식사가 끝난 뒤 설거지는 우리가 하겠다고 했고 제이미는 피아노를 치러 아래층으로 내려갔다. 아래층에는 제이미가 누구의 방해도 받지 않고 음악과 미술 작업을 할 수 있는 작업실이 있었다.

마이클과 나는 식기세척기에 그릇을 넣었다. 하지만 냄비와 프라이팬까지 넣기에는 자리가 모자랐다. 나는 개수대에 세제를 풀고 물을 받기 시작했다. "씻는 건 내가 할 테니까 넌 이걸로 물기를 닦아." 나는 그렇게 말하며 마이클에게 그릇 닦는 수건을 건넸다.

"손 망가질까 봐 걱정 안 되니?" 마이클이 물었다.

"아니. 넌?"

"나야 당연히 걱정되지." 마이클이 두 손을 앞으로 쭉 내밀더니 자기 손에 완전히 도취된 시늉을 해 댔다. "난 비누도 아이보리밖에 안 써. 사람들이 날 서른여덟으로 안 보고 열여덟으로 보는 게 다 이유가 있다니까."

"아우, 하여튼! 못 말려." 나는 그렇게 말하며 비누 거품을 마이클에게 던졌다.

"어쭈……." 마이클이 개수대로 성큼 다가오더니 거품을 집어 내게 뿌렸다.

나는 질세라 거품을 좀 더 많이 던졌고, 마이클은 마이클대로 공격을 멈추지 않았다. 우리는 둘 다 물을 뚝뚝 떨어뜨리며 거의 발작적으로 웃어 댔다. 내가 애원했다. "그만, 마이클. 이제 그만해, 제발."

마이클이 그릇 닦는 수건으로 얼굴을 대충 훔치더니 그걸로 날 툭툭 치며 또다시 장난을 쳤다. "아니, 이런 게으른 노예를 봤나? 어서 치우지 못해? 이 난장판 어서 치우라고!"

"그만해." 나는 도망가며 소리를 질렀지만 마이클은 내 다리를 향해 수건을 휘두르며 계속해서 쫓아왔다. 나는 있는 대로 비명을 지르며 부엌을 빙빙 돌았고, 마이클은 이제 내 엉덩이만을 조준하며 계속 따라왔다.

"너 이제 나한테 죽었다." 나는 청소 용구를 넣어 두는 벽장에서 먼지떨이를 들고 나와 마이클의 얼굴을 마구 간질이기 시작했다.

"너 지금 이거 언젠가 후회할 테니 두고 봐." 마이클이 그렇게 말하며 내 손목을 움켜쥐더니 날 조리대 쪽으로 바짝 밀어붙였다. 먼지떨이가 바닥으로 툭 떨어졌다. 마이클은 입을 맞추기 전에 안경부터 벗었다.

"왜 늘 안경을 벗니?" 키스가 끝나고 내가 물었다.

"너, 안경 쓴 애랑 키스해 본 적 있어?"

"아니."

"음…… 안경이 있으면 거치적거려." 마이클이 말했다. "너 머리가 완전히 다 젖었어."

"너도." 나는 마이클의 머리를 이리저리 털어 주었다. "아무래도 드라이어로 말려야겠다."

우리는 위층 욕실로 올라갔다. 거울을 보는 순간 나는 깜짝 놀라고 말았다. "으아, 이게 뭐야. 머리가 완전히 거품투성이잖아."

"누가 먼저 시작했는지 잊지 말아 줘." 마이클이 말했다.

"나 참, 기가 막혀서!"

"머리 감겨 줄게. 너만 괜찮으면."

"네가?"

"응."

"세면대에서?"

"아님? 샤워가 더 좋아?"

"농담하지 마."

"어때, 감겨 줘?"

"좋아." 나는 샴푸를 건넨 뒤 세면대 위로 허리를 굽혔다.

마이클은 솜씨가 좋았다. 깨끗해진 머리를 수건으로 감아올린 뒤 이번에는 내가 마이클의 머리를 감겨 주었다. 그러고 나서 우리는 머리가 거의 다 마를 때까지 계속해서 서로의 머리를 털어 주었다.

"셔츠도 갈아입어야겠어. 봐, 완전히 다 젖어 버렸잖아." 내가 말했다.

"그래."

나는 복도를 가로질러 내 방으로 갔다. 마이클이 내 뒤를 바짝 쫓아왔다. "금방 나올게." 나는 방문을 닫으며 마이클에게 말했다.

그러나 마이클은 방문을 밀어젖혔다. "나도 같이 있을게."

"마이클⋯⋯. 이러지 마."

"그냥 가만히 있을게. 약속해." 마이클은 방문을 닫으며 안으로 들어왔다.

내가 서랍장에서 스웨터와 브래지어를 꺼내는 동안 마이클은 내 침대에 털썩 드러누웠다. "매트리스 좋은데?" 마이클이 말했다. "적당히 탄력도 있으면서 너무 딱딱하지는 않고."

"인정해 줘서 고마워."

"너무 푹신한 매트리스는 섹스할 때 별로라는 거 아니?"

"마이클⋯⋯."

"정말이야. 난 그냥 사실대로 말하는 것뿐이야."

"그래, 아주 흥미롭다⋯⋯. 자, 이제 잘 알았으니까 그만 나가 줘. 옷 갈아입게."

"네 몸이 창피하니, 캐서린?"

"아니⋯⋯. 당연히 아니지."

"그럼 내가 여기 있어도 상관없잖아. 안 그래?"

"하여튼⋯⋯." 나는 고개를 절레절레 흔들며 뒤로 돌아 단추를 풀고 셔츠를 벗었다. 그러고 나서 축축하게 젖어 버린 브래지어의 고리를 푼 뒤 잠시 주저하다 역시 벗어 버렸다. 내가 새 브래지어를 입을 때까지 마이클도, 나도 단 한마디도 하지 않았다.

어느샌가 마이클이 내 뒤에 와 서 있었다.

"약속했잖아……." 나는 마이클의 기억을 상기시켜 주었다.

"고리 채우는 거 도와주려는 것뿐이야."

"괜한 수고 하지 마."

"전혀 수고스럽지 않아." 하지만 마이클은 브래지어 고리를 채우는 대신 내 가슴 쪽으로 손을 스르르 미끄러뜨리며 목덜미에 입을 맞추기 시작했다.

"마이클, 제발……. 이러지 마."

"왜 안 되는데?"

"왜냐하면……."

순간 방문 두드리는 소리와 함께 제이미의 목소리가 들렸다.

"두 사람 거기서 뭐 하는 거야? 부엌 보니까 엉망이던데. 그리고 이제 곧 9시 영화 시작이야."

"알았어, 갈게." 나는 대답하며 얼른 브래지어를 채우고 스웨터를 입었다. 그러고는 마이클을 돌아보며 조용히 속삭였다. "이래서."

"미안. 정말 미안해." 마이클이 말했다.

"하하."

우리는 부엌을 치운 뒤 제이미와 함께 작은 방에서 토요 영화를
봤다. 영화가 끝나자 마이클은 우리에게 잘 자라며 입맞춤을 해 주
었다. 나는 입술에, 제이미는 볼에. 제이미는 내가 잘 자라고 인사
를 하러 방에 들어갔을 때도 여전히 제 볼을 어루만지고 있었다.

"세상에 마이클 오빠처럼 멋진 남자는 없을 거야." 제이미가 말
했다.

"나도 그렇게 생각해."

"마이클 오빠한테 남동생이 있었으면 좋았을 텐데."

"그래, 그럼 재미있었겠다. 근데 안타깝게도 마이클이 막내야."

"언니……."

"응?"

"아까 언니 방에서 둘이 뭐 했어?"

"별거 안 했어……. 마이클이 그냥 내 방 한번 보고 싶다기에."

"그러지 말고, 언니. 아무한테도 말 안 할게."

"얘기할 거 없다니까."

"나도 섹스가 뭔지 다 알아."

"축하한다!"

"둘이 그거 했어?"

"제이미!"

"그건 나쁜 말 아니잖아……. 증오나 전쟁은 나쁜 말이지만 그
거 했냐는 건 나쁜 말 아니야."

"나쁜 말이라고 안 했어."

"그럼 그거 한 거 맞아?"

"아니……. 안 했어. 하지만 했다고 해도 너한텐 말 안 해."

"왜?"

"너랑은 아무 상관 없으니까."

"쯧쯧쯧……." 제이미가 혀를 끌끌 찼다. "하여튼 언니네 세대는 섹스 얘기에 너무 민감해."

"아티랑 어땠어?" 월요일 생물 시간에 에리카에게 슬쩍 물었다. 우리는 연체동물을 분류하는 중이었다.

"어땠냐고? ……아무 일 없었어!" 에리카가 대답했다.

"안 온 거야?"

"나타나기야 했지. 아주 멀쩡한 얼굴을 해 가지고."

"그런데?"

"여전히 돌덩이야. 키스조차 하려고 들질 않아."

"이상하네."

"내 말이 그 말이야. 날 좋아하는 게 확실한 것 같긴 한데 말이야. 자기네 학교 연극에도 오라고 하고……. 걔가 주인공이래."

"어, 들었어. 나도 마이클이랑 갈 거야."

"알아……. 안 그래도 아티가 너희랑 같이 오라더라. 자기가 부탁해 놓겠다며."

"그래, 당연히 같이 가야지."

"걔, 연극 끝나고도 돌덩이처럼 가만히 있으면 나라도 무슨 대책을 세울 거야. 마냥 기다리고 있을 수만은 없어."

교실 앞 책상에 앉아 있던 콜로드니 선생님이 고개를 들더니 우리에게 주의를 줬다. "거기 뒤에 앉은 여학생 두 명! 입 다물고 어서 문제들이나 풀어."

나는 공책에서 종이를 한 장 찢어 "어떤 대책?"이라고 쓴 뒤 에리카에게 쓱 밀었다.

그러자 에리카가 "아주 과감한 대책!"이라고 썼다.

연극 공연 날 나와 마이클, 에리카는 서밋 고등학교 강당 넷째 줄에 나란히 자리를 잡고 앉았다. 연극 제목은 '나비들은 자유롭다'였고 아티는 자신의 길을 스스로 개척하려는 맹인 소년을 연기했다. 마이클이 말한 대로였다. 나는 아티에게 깜짝 놀라고 말았다. 아티는 직업 배우 뺨칠 정도로 연기를 잘했다. 무대 위의 아티는 어딘지 모르게 달랐다. 평소와는 다르게 자신감에 차 있었다고나 할까? 나는 그 아이가 보드게임광 아티 르윈이라는 사실을 까맣게 잊어버리고 말았다.

시빌은 맹인 소년의 엄마, 엘리자베스는 그의 여자 친구 역이었다. 그러나 두 사람 다 아티와는 비교도 되지 않았다. 시빌은 머리에 쓴 흰머리 가발을 연신 만지작댔다. 그리고 그 어느 때보다도 뚱뚱해 보였지만 연기에는 큰 보탬이 되지 않았다. 엘리자베스의 의상은 세상에서 가장 야한 비키니였다. 엘리자베스가 무대에 나타나자 에리카가 팔꿈치로 나를 쿡 찔렀다. 나는 어떤 바보 같은 이유에서인지 마이클에게 무슨 말이든 해야 할 것 같았다. 내가 질투하는 타입이 아니라는 걸 보여 줄 수 있는 말을. 그래서 마이클 쪽으로 몸을 기울이며 이렇게 속삭였다. "쟤 정말 예쁘다." 와우, 어쩜 이렇게 기발한 말을 생각해 냈지?

"어." 마이클이 짧게 동의했다.

연극이 끝나자 관객들은 아티에게 기립 박수를 보냈다.

"난 정말 상상도 못 했어……." 에리카는 같은 말을 하고 또 했다. "정말 믿기지가 않아."

"나도 마찬가지야."

"내가 얘기했잖아." 마이클이 말했다. "아티한테는 인생에서 연극만큼 중요한 게 없다고."

무대를 돌아보았다. 관객들을 향해 연거푸 허리를 굽혀 인사하는 아티의 모습을 보자 마이클이 옳았다는 생각이 또 들었다.

우리는 무대 뒤로 가려고 했지만 선생님 두 분이 아이들을 막고 있었다. 수위 아저씨들이 한시라도 빨리 손님들을 내보내고 교문을 잠그고 싶어 했기 때문이다. 에리카가 자기는 아티를 기다릴 테니 우리는 먼저 파티에 가 있으라고 했다.

나는 엘리자베스의 집에 가고 싶지도, 그 애의 얼굴을 가까이서 맞닥뜨리고 싶지도 않았다. 하지만 아무리 생각해 봐도 자연스레 파티를 피할 만한 방법이 없었다. 게다가 가장 친한 친구인 마이클이 오지 않으면 아티가 실망할 게 분명했다.

엘리자베스의 집은 길가에 있었고 우리 집과 아주 비슷했다. 엘리자베스의 엄마가 문을 열어 주었다.

"어머, 마이클이구나. 다시 만나서 반갑다." 헤일리 부인이 말했다.

"안녕하세요? 앤 캐서린 댄지거예요."

"안녕하세요." 나도 인사를 건넸다.

"어서들 들어와, 어서." 헤일리 부인이 나를 뜯어보며 말을 이었다. "다들 아래층에 있어…… 계단 어디 있는지 알지, 마이클?"

지금 저 말, 나 들으라고 일부러 하는 걸까? 마이클이 전에도 여기 왔었다는 걸 나한테 알려 주려고?

큰 파티였다. 적어도 삼사십 명은 모인 것 같았다. 연극에 출연했던 아이들이 도착하자 다들 우르르 몰려가 축하 인사를 건넸다. 마이클이 아티를 장난스레 툭툭 치더니 몸을 굽혀 귀엣말을 속삭였다. 그러자 아티가 미소를 지으며 고개를 끄덕이더니 "짜식, 고마워."라고 말했다.

엘리자베스의 아빠가 한 삼십 분 정도 돌아다니며 우리들의 모습을 비디오카메라로 찍었다. 아티는 아주 과장되게 행동했고 마이클은 엘리자베스의 한쪽 볼에 입을 맞추며 "정말 너한테 딱 어울리는 배역이었어. 진짜 잘하더라."하고 말했다. 그러자 엘리자베스가 "네가 그렇게 생각해 줘서 기뻐."라고 대답했다.

나는 마음 한구석이 허물어져 내리는 기분을 느끼며 자리를 떴다. 시빌이 구석에 서서 어떤 남자애와 이야기를 나누고 있는 게 보였다. 나는 시빌에게 다가가 말을 걸었다. "연극 정말 재미있었어. 너 잘하더라."

시빌이 웃음을 터뜨렸다. "고마워. 하지만 내 연기에 대해선 내가 더 잘 알아." 시빌은 그렇게 말한 뒤 엘리자베스의 남동생이라며 같이 서 있던 남자애를 소개해 주었다. 이 애도 시빌의 애인 목록에 오르게 될까, 하는 생각이 머릿속을 스치고 지나갔다.

에리카가 나를 옆으로 잡아끌더니 아티 쪽을 가리키며 말했다.

"쟤 좀 봐, 오늘 굉장히 들떠 있어. 오늘 밤에 역사가 일어난다 해도 놀라지 않을 거야."

"잘해 봐." 나는 심드렁하게 말했다.

"너 여기 있었구나?" 마이클이 내 옆으로 다가오더니 손을 잡았다.

"누구세요?" 나는 손을 빼며 되물었다.

"무슨 소리야?"

"아무것도 아니야. 그냥 잊어버려." 나는 그렇게 말한 뒤 그 자리를 훌쩍 떠나 팬들에게 둘러싸여 소파에 앉아 있는 아티에게 가 버렸다. 드디어 말할 기회가 왔다. "오늘 저녁에 이런 말 수도 없이 들었겠지만 너 정말 굉장했어, 아티."

"고마워, 캐스." 나를 위해 아티가 옆으로 비켜 앉으며 말했다.

"도대체 어떻게 그렇게 할 수 있니? 너 진짜 장님 같았어."

"글쎄, 나도 잘 모르겠어……. 그냥 자연스럽게 그렇게 돼."

"그러지 말고 진짜로 좀 말해 봐, 아티."

"정말이야. 어떻게 하는 건지는 나도 몰라. 그냥 아주 어렸을 때 부터…… 늘 연기가 하고 싶었어."

"그러니까 진짜 직업적으로 말이야?"

"응. 발 들여놓기는 힘들겠지만 시도는 해 볼 거야."

"너라면 해낼 것 같아."

"네 생각대로 되면 좋겠다. 그런데 내 친구 어디 갔지?"

"저기. 에리카랑 얘기하고 있어."

"어이." 아티가 마이클과 에리카에게 우리 쪽으로 오라고 손짓 하며 두 사람을 불렀다.

이번에는 마이클도 내 손을 잡지 않았다.

나는 그날 밤 내내 엘리자베스와 마이클이 비밀스러운 눈길을 주고받나 싶어 두 사람을 관찰하며 기다렸다. 그러나 내가 지켜본 결과 두 사람 사이에는 아무 일도 없었다. 게다가 마침내 대화를 나눌 기회가 오자 엘리자베스는 아무렇지도 않은 듯 아주 친절했고, 심지어는 송년 파티 때 봐서 기억한다는 말까지 했다. 하지만 덕분에 내 기분은 더 엉망이 되고 말았다.

파티가 한창 무르익을 무렵 마이클이 내게 말했다. "그만 가자."

"왜……. 재미없어?" 내가 물었다.

"그냥 그래. 넌?"

나는 대답하지 않았다. 대신 위층으로 올라가 외투를 입었고, 집에 가는 내내 토라진 표정으로 단 한마디도 하지 않았다. 말이 없기는 마이클도 마찬가지였다. 아니, 심지어 내 쪽으로 눈길 한번 주지 않았다.

집에 도착했을 때 내가 현관문을 열며 물었다. "잠깐 들어올 거니?"

"네가 원하면."

"너 하고 싶은 대로 해." 나는 정말로 상관없다는 듯이 말했다.

"너한테 달렸어." 마이클이 대꾸했다.

"날 위해서 들어올 필요는 없어." 나는 그날 밤 내내 단둘이 남기만을 바랐으면서 마치 그런 적이 없는 것처럼 쌀쌀맞게 굴며 현관으로 올라섰다.

마이클이 내 뒤를 따라 들어왔다. 우리는 외투를 벗었다. "내가 혹시 뭐 잘못했니? 그래서 화난 거야?" 마침내 마이클이 먼저 입을 열었다.

"아니."

"그럼 왜 그래?"

"나도 모르겠어. 그냥 모든 게 다…… 너랑 엘리자베스 생각을 하면…….”

"질투하는 거니?" 마이클이 물었다.

"그럴지도 모르고……. 잘 모르겠어."

"겨우 그것 때문에 그렇게 계속 화나 있었던 거야?"

"그런 것 같아."

마이클이 웃음을 터뜨렸다. "네가 질투 같은 거 하는 애일 줄은 꿈에도 몰랐는걸."

"나 그런 거 안 해!" 하지만 말이 튀어나오는 동시에 그게 얼마나 바보 같은 말인지를 깨닫고 나도 웃고 말았다.

"나 어제 네 꿈 꿨어." 마이클이 말했다.

"어떤 꿈?"

"아주 섹시한 꿈…….”

나는 마이클의 손을 잡고 함께 작은 방으로 들어갔다. "미안해. 오늘 내가 너무 못되게 굴었지."

"잊어버려." 마이클이 말했다. "네가 나 때문에 질투한다는 걸 아니까 기분 좋은데 뭐. 하지만 캐스, 이거 하나는 약속해…….”

"뭐?"

"지금부터는 서로에게 솔직해지기. 기분 나쁜 게 있으면 꿍하고 있지 말고 솔직하게 다 털어놔, 응? 나도 그렇게 할게. 약속?"

"약속."

"그럼 됐어."

우리는 우리 둘만의 양탄자에 누웠다. 얼마 뒤, 마이클의 손이 치마 밑으로 파고들어 왔지만 이번에는 제지하지 않았다. 팬티 안으로 들어오는 손길 역시 막지 않았다.

"널 원해. 너무나 간절히." 마이클이 말했다.

"나도야. 하지만 안 돼. 아직은 준비가 안 됐어, 마이클……."

"그렇지 않아……. 넌 준비됐어. 내가 느끼는 걸."

"아직 아니라니까……." 나는 마이클의 손을 밀어내며 벌떡 일어나 앉았다. "난 마음의 준비를 말하는 거야."

"마음의 준비." 마이클이 내 말을 따라 했다.

"그래."

"마음의 준비는 어떻게 하는 건데?" 마이클이 물었다.

"생각을 통해서. 확신이 서야만 해……."

"하지만 네 몸은 이미 원하고 있잖아……."

"육체적 욕구는 정신력으로 통제해야 해."

"푸, 젠장……." 마이클이 중얼거렸다.

"마이클, 나도 쉽지는 않아."

"그래, 알아……. 안다고." 마이클은 그렇게 말하며 내 어깨에 팔을 둘렀다. "근데 있잖아…… 꼭 끝까지 가지 않더라도 만족감은 얻을 수 있어."

"그래…… 곧……."

"내가 아니까 망정이지 안 그랬으면 네가 날 가지고 논다고 생각했을 거야."

"그렇지 않아! 그런 적 한 번도 없어."

"그래……. 알아."

"너, 내가 솔직한 게 좋지?"

"응."

"음……. 나 실은…… 어떻게 하는 건지 잘 몰라. 널 만족시킬 수 있는…… 그 방법 말이야."

"세상에서 그보다 쉬운 건 없어." 마이클은 그렇게 말하면서 허리띠를 풀기 시작했다.

"지금 말고……." 내가 말했다.

"언제?"

"곧, 하지만 오늘 밤은 아니야."

"또 그 애매한 약속이지……."

마이클이 돌아간 뒤 침대에 누워 잠이 들기를 기다리면서 마이클과 사랑을 나누는—마이클의 말대로 끝까지 가는—상상을 해 보았다. 나도 엄마처럼 소리를 낼까? 나는 아빠와 엄마가 언제 사랑을 나누는지 정확히 알고 있었다. 제이미와 내가 잠들었다고 생각될 때쯤 돼서 늘 안방 문이 닫혔기 때문이다. 그 후에 들리는 소리는 안 들으려야 안 들을 수가 없었다. 안방 바로 옆이 내 방이었으니까. 가끔은 두 분의 키득거리는 웃음소리가, 때로는 엄마의 가녀린 신음 소리나 "로저…… 로저……." 하고 아빠의 이름을 부르는 소리가 들려왔다. 부부가 사랑을 나누는 게 지극히 자연스러운 일이라는 것은 익히 알고 있었고 두 분이 여전히 사랑하고 있다는 사실이 기뻤지만 나는 늘 쑥스럽고 당황스러웠다. 마이클과의 잠자리는 과연 어떨까? 때로는 너무나 간절히 바라면서도 또 어떨 때는 그 순간이 그저 두렵기만 했다.

7

"워싱턴 탄생일 연휴 때 우리 어디 갈 건지 알아맞혀 봐." 마이클이 말했다.

나는 들고 있던 수화기를 다른 쪽 귀로 옮기며 말했다. "포기할래."

"스키 타러."

"나 스키 못 타는데?"

"내가 가르쳐 줄게."

"정말?"

"응. 버몬트에 있는 우리 누나 별장에 가자. 자세한 얘기는 누나가 좀 이따 직접 전화해서 너희 엄마한테 할 거야."

"정말이야?"

"그럼, 정말이지. 너도 우리 누나 좋아하게 될 거야. 매형도 괜찮은 사람이고."

"멋지겠다."

"당연하지. 눈이 얼마나 멋진지, 기대해도 좋아."

나는 전화를 끊자마자 거실로 달려갔다. "마이클이 절 어디로 초대했는지 알아맞혀 보세요!"

"졸업반 무도회?" 아빠가 물었다.

"아니. 그런 거 아니고요."

"그냥 네가 말해 줘." 엄마가 말했다.

"버몬트요. 스키 타러 가재요. 누나 별장이 거기 있대요. 좀 이따가 그 언니가 엄마한테 직접 전화한댔어요."

엄마가 아빠를 바라보았다.

"가도 되죠?" 내가 물었다.

"글쎄다……." 아빠가 머뭇거렸다.

"제발요!"

"캐스, 우리가 그냥 무조건 그러라고 할 줄 알았니?" 엄마가 말했다.

"우리도 생각을 좀 해 봐야지." 아빠가 말했다. "전화가 오면 일단 자세한 얘기부터 좀 들어 보고."

얼마 뒤, 전화벨이 울렸다. 내가 외쳤다. "마이클 누난가 보다.

그 언니 이름, 섀런이야."

"2층에 올라가서 받을게." 엄마가 말했다. 하지만 벌써 전화를 받은 제이미가 소리를 지르고 있었다. "엄마, 전화요. 섀런 어쩌고 하는 분이에요."

"섀런 언니가 뭐래?" 나는 엄마가 아래층으로 내려오자마자 득달같이 물었다. "나, 가도 된다고 말했어?"

"아주 상냥한 사람이더라." 엄마가 입을 열었다.

"그래서? 빨리빨리 좀 말해 봐……."

"자기랑 자기 남편이 너희들을 데리고 금요일에 버몬트로 갈 거라고. 차로 한 일곱 시간쯤 걸린대. 집은 스토 근처에 있다더라."

"돌아오는 날짜는?" 아빠가 끼어들었다.

"월요일 저녁에 온대."

"3박 4일이나 되잖아."

"그게 무슨 상관이에요?" 내가 말했다.

"집에 방이 많대, 여보." 나는 그 말을 듣자마자 엄마가 내 편이라는 사실을 알아차렸다. 엄마는 여행을 허락해 줄 것 같았다. "자기네랑 다른 두 부부가 같이 쓰는 별장인데 이번 주말에는 자기들밖에 없을 거라더라고. 침실은 세 개고."

"글쎄, 난 잘 모르겠어." 아빠가 머뭇거렸다.

"남편은 내과 레지던트래." 엄마가 말을 이었다.

"그러니까 제가 혹시 어디 아플까 봐 걱정 안 하셔도 돼요." 내가 얼른 아빠에게 한마디를 덧붙였다.

"그래, 병은 안 나고 다리만 부러져 가지고 오겠지." 아빠가 빈정댔다.

"조심할게요. 응? 약속."

"난 모르겠다. 스키는 위험한 운동이란 말이야."

"차 타는 것보다 딱히 더 위험할 이유도 없어요." 나는 고집을 피웠다.

"밤에 엄마랑 한 번 더 얘기해 보마." 아빠가 말했다. "그러고 나서 내일 말해 줄게."

"얘기할 게 뭐가 있어요? 아주 간단한 문제잖아요."

"아빤 성급하게 결정하는 거 싫어."

"엄마……."

"아빠 말이 맞아. 하룻밤만 더 생각해 보자, 캐스."

"전 꼭 가고 싶어요."

"우리도 알아." 두 분이 동시에 말했다.

다음 날 하루를 어떻게 견뎠는지는 나도 모르겠다. 에리카와 이야기할 수 있었던 것이 그나마 다행이었다. "엄마는 허락할 것 같은데, 아빠가 겁을 내는 것 같아."

"당연하지, 아주 논리적인 거야." 에리카가 말했다. "아버지들은 어린 딸한테 강박증이 있단 말이야. 너무너무 예쁘고 소중한 자기

공주님이 섹스를 한다는 생각을 아빠들은 견디질 못해."

"네 생각엔 우리 아빠도 그것 때문에 그러는 것 같니?"

"물론이지. 다리 부러지는 거랑은 아무 상관도 없어. 그건 그냥 괜히 갖다 붙이시는 거고, 사실은 처녀막 파열을 걱정하시는 거라고."

"에리카!"

에리카가 깔깔댔다. "하지만 너무 걱정 마. 너희 엄마가 아버질 설득하실 테니. 내기해도 좋아."

"제발, 그랬으면 좋겠다."

"나도 아티랑 어디 멀리 여행 가고 싶다."

"지금 그 말, 진척이 좀 있었단 뜻이니?"

"네가 말하는 진척이란 게 무슨 뜻이냐에 따라 다르지."

"무슨 뜻인지는 너도 알잖아."

"그쪽으론 아무 진척도 없어. 하지만 이제 적어도 서로에게 솔직해지기는 했어…… 솔직하지 못한 관계치고 제대로 되는 법은 없으니까."

"우리도 얼마 전에 그런 얘기 했었어. 마이클도 너랑 똑같은 말 하더라."

"사실이 그래."

"알아. 근데 너, 연극 끝나고도 아무 일 없으면 뭔가 과감한 대책 세울 거라고 하지 않았니?"

"그래서 그렇게 했어. 파티 끝나고 집 앞까지 데려다 줘 놓고는 또 그냥 볼에다만 입을 맞추더라고. 잘 자라며. 그래서 내가 대놓고 물었지. '아티, 너 호모니?' 하고."

"거짓말!"

"정말이야. 내기해도 좋아."

"아티가 뭐래?"

"자기도 잘 모르겠대. '나도 잘 모르겠어, 에리카. 하지만 알아내려고 노력 중이야.' 이러더라고."

"맙소사……."

"그래서 내가 이랬지. '아티, 나랑 있으면 맨날 게임만 하면서 그걸 대체 어떻게 알아내겠다는 거니? 모노폴리, 빙고, 체스, 백개먼……. 이젠 정말 듣기도 싫어.'"

"그랬더니?"

"'겁이 나서 그래, 에리카.' 이러더라. 진짜 솔직하지 않니?"

"그러게."

"그래서 걱정하지 말라고 했어……. 내가 답을 찾도록 도와주겠다고. 그랬더니 정말로 되게 고마워했어. 그래서 너희들이 주말에 버몬트에 가 있는 동안 우린……."

"가게 되면." 내가 말했다.

"그래, 만약 그렇게 되면…… 그럼 난 아티랑 진실을 밝혀 볼 생각이야."

수업이 끝나고 나는 엄마가 일하는 도서관에 들렀다. "다 잘됐어." 내가 물어보기도 전에 엄마가 먼저 말을 꺼냈다. "오늘 밤에는 가게들이 늦게까지 문을 여니까. 아까 점심시간에 스포츠 센터에 들렀는데 끝내주는 스키 점퍼가 하나 있더라. 사이즈도 네 사이즈고, 가격도 정가보다 10달러나 싸더라고."

"정말 가도 돼요?"

"안 그럼 스키 점퍼가 너한테 왜 필요하겠니?" 엄마가 물었다.

"와우, 엄마!" 나는 엄마를 있는 힘껏 끌어안았다. "엄만 세상에서, 아니 역사상 최고의 엄마예요!"

"어디 지금 그 말, 다음에 우리가 안 된다고 해도 기억하는지 두고 보자."

나는 그날 밤 쇼핑에서 돌아오자마자 새 스키복을 입고 제이미와 아빠 앞에서 패션쇼를 했다. 빨강, 노랑, 파랑이 뒤섞인 점퍼뿐만 아니라 저금통을 털어 거기에 어울리는 감색 스키 바지와 모자도 사 왔다.

"옷 색깔이 밝아 눈사태가 나도 널 못 찾을 염려는 없겠다." 아빠가 말했다.

"마이클이 절 지켜 줄 텐데 눈사태가 무슨 걱정이에요?"

"버몬트엔 눈사태 없어. 아, 나도 가고 싶다." 제이미가 말했다.

"이번엔 안 돼." 내가 말했다.

"식사 준비는 내가 다 맡을게."

"미안해, 제이미."

"마이클 오빠, 내가 만든 음식 좋아하잖아."

"안 된대도."

"너무해!"

마이클이 전화했을 때 나는 모든 준비가 다 끝났다고 말했다.

"스키복까지 다 샀어."

"아무것도 살 필요 없는데. 누나가 파카랑 방한복이랑 다 빌려
줬을 거야."

"이제 안 빌려 주셔도 돼."

"그래. 그래도 스키화랑 스키는 빌려야지."

"알아. 그것도 내가 빌릴 테니까 넌 걱정하지 마."

"그럼 최소한 리프트 티켓은 내가 쏜다."

"그래, 네가 꼭 그러고 싶으면. 그런데 마이클……."

"응?"

"나, 금요일까지 도저히 못 기다릴 것 같아."

"나도 그래."

그날 밤, 자려고 침대에 누웠는데 아빠가 들어왔다. 그러고는 어
렸을 때 그랬던 것처럼 침대 가장자리에 걸터앉아 내 손을 잡았다.

"버몬트에 갈 수 있게 허락해 주셔서 고마워요, 아빠."

"그래. 너도 이번 가을이면 대학에 가니까……. 나야 어차피 널

곧 놔줄 수밖에 없잖니. 이제 너도 다 큰 것 같다. 더 이상 꼬마가 아니야."

"그런 것 같아요."

"캐스, 넌 아주 이성적인 아이야. 지금까지도 늘 현명한 판단을 내렸어. 그래도 너랑 마이클은 아직 많이 어려……."

"저희, 도망치거나 그러지 않아요. 혹시 그거 걱정하시는 거예요?"

"그런 걱정은 안 해. 다만 네가 다치는 걸 보고 싶지 않아서 그러는 거야."

"조심할게요. 약속드렸잖아요."

"그렇게 다치는 거 말고, 캐스."

"아빠……."

"아빠도 마이클 좋아해……. 걔 못 믿어서가 아니라……."

"아빠, 마이클 섹스에 미친 애 아니에요. 그러니까 이제 제발 저희 걱정 좀 그만하세요."

"그래, 그런데 나도 어쩔 수가 없구나."

나는 일어나 앉아 아빠를 안아 드렸다. "아무 일 없을 거예요……. 정말로요."

별장에 도착하자마자 마이클이 차에서 뛰어내리더니 내게 눈
뭉치를 던지기 시작했다. 주변은 내린 지 얼마 안 된 깨끗한 눈으
로 뒤덮여 있었고, 몇 킬로미터고 끝없이 이어진 숲에는 나뭇가지
마다 고드름이 주렁주렁 매달려 있었다.

나는 반쯤 웃고, 반쯤 소리를 지르며 마이클을 피해 도망갔다.
하지만 마이클은 매형 아이크에게 팔을 붙들려 "일부터 하고 노는
건 나중에 해."라는 말을 들을 때까지 눈싸움을 멈추지 않았다. 아
이크는 마이클을 데리고 차로 가 트렁크를 열고 안으로 나를 짐들
을 가리켰다.

나는 섀런이 식료품 정리하는 것을 도왔다. 섀런은 마이클처럼

키가 크고 늘씬했다. 둘은 머리색도 같았다. 다만 눈 모양 때문에 곁눈질하지 않을 때에도 꼭 그러는 것처럼 보였다. 아이크는 섀런 보다 키가 작았지만 어깨가 떡 벌어지고, 목은 아예 없다시피 했다. 정수리 부분은 벌써 머리가 휑하니 벗어지고 없었다. 벗어진 부분이 점점 더 커져 언젠가 완전 대머리가 될지, 만약 그러면 섀런은 어떻게 나올지가 궁금해졌다. 마이클이 대머리였다면 어땠을까? 잘 모르겠다. 나는 마이클의 머리카락이 좋다. 색깔도, 손에 느껴지는 감촉도, 냄새도. 그게 다 빠져 버린다면 실망스러울 것 같다.

부엌 정리가 다 끝난 뒤 나는 집을 둘러봤다. 커다란 거실에는 잿빛 자연석을 붙인 벽난로와 보풀이 많이 인 낡은 양탄자가 있었고, 쿠션들이 바닥에 아무렇게나 흩어져 있었다. 부엌은 거실과 곧장 이어져 있었다. 섀런과 아이크의 침실도 아래층에 있었다. 그 방에는 욕실이 딸려 있었다. 위층에는 욕실을 사이에 두고 침실이 두 개 더 있었다. 결국 마이클과 나는 같은 욕실을 써야 한다는 뜻이었다. 그날 오후 마이클이 집으로 데리러 왔을 때 솔직히 털어놓기를 잘했다는 생각이 들었다. 엄마가 거실에서 마이클 누나네 부부와 대화를 나누는 동안 나는 마이클을 데리고 부엌으로 갔다.

"할 말 있어." 내가 말했다.

"뭔데?"

"오늘 아침에 생리 시작했어."

"아."

"일주일이나 빨리."

"아."

"엄마 말이, 너무 들떠서 그런 것 같대……. 여행이다 뭐다 해서. 그냥 너도 알아야 할 것 같아서."

"그래, 잘했어."

"혹시 가다가 잠깐 쉬어야 할 경우에 대비해서……."

"아프고 그런 건 아니지?"

"응, 괜찮아. 그냥 좀 실망했을 뿐이야……. 괜히 너까지 실망시킨 거 아닌가 모르겠다."

"무슨 소리야? 네가 같이 못 가는 것도 아닌데 내가 왜 실망을 해?" 마이클은 그렇게 말하며 내 손을 꼭 잡았다.

마이클과 아이크가 들여온 짐을 각자 다 풀고 난 뒤 우리 네 사람은 불가에 모여 앉아 김이 모락모락 피어오르는, 브랜디를 살짝 띄운 커피를 홀짝거렸다. 섀런은 자기 직업에 대해 아주 자세하게 들려주었는데 자연사 박물관에서 일하는 인류학자라고 했다. 하지만 올여름쯤 해서 탐사 여행을 가고 싶다고 했다. 나는 섀런의 이야기를 듣자마자 4월에 있을 우리 학교 '직업 소개의 날' 행사 때 와서 강연해 주지 않겠느냐고 물었다. 인류학자는 학생들이 흔히 만날 수 있는 사람이 아니기 때문이다. 섀런은 내 제안을 흔쾌히 받아들였다. 담임인 핸델스먼 선생님도 흥미로운 젊은 여성 강사를 찾는 데 늘 어려움을 겪어 왔던 터라 기뻐할 게 분명했다.

우리 모두는 장거리 여행에 지쳐 있었다. 섀런을 시작으로 모두 하품을 하기 시작했다. "그만 자자." 아이크가 말했다. 섀런과 아이크는 우리에게 잘 자라는 인사를 건넨 뒤 자기들 방으로 사라졌다.

마이클과 나는 서로를 멀뚱멀뚱 쳐다보았다.

"너 먼저 씻어." 마이클이 말했다.

"좋아."

우리는 함께 위층으로 올라갔다. "일찍 출발할 수 있게 7시 반에 깨울게."

"그래, 좋아."

마이클이 내 볼에 입을 맞췄다. "욕실 다 쓰면 그냥 소리만 질러."

"알았어."

"그럼…… 잘 자."

"잘 자……." 나는 마이클의 가슴에 이마를 갖다 댔다. "정말로 화 안 났지?"

"그렇대도. 진짜 괜찮아, 캐스. 잘 자고 내일 아침에 봐."

나는 고개를 끄덕였다. 그러고 나서 우리는 각자 자기 방으로 들어갔다. 울고 싶은 심정이었다. 우리들의 밤 인사는 내가 바랐던 것과는 전혀 다르게 끝나 버리고 말았다. 나는 하얗고 긴 잠옷으로 갈아입었다. 부드러운 나일론 천에 천사 옷처럼 소매 폭이 넓고, 하트 모양의 작은 단추들이 조르르 달린, 내가 가진 가장 예쁜 잠옷이었다. 마이클이 이 잠옷 입은 모습을 꼭 봐 주길 바랐는데.

나는 욕실을 나오면서 "다 했어." 하고 외친 뒤 방으로 가 침대에 누웠다. 곧이어 마이클이 물 쓰는 소리와 화장실 물 내리는 소리가 들렸다. 소리가 잠잠해지자 나는 한 번 더 인사를 건넸다. "잘 자, 마이클⋯⋯."

"캐스⋯⋯."

"응?"

"잠깐 들어가도 되니?"

"당연하지." 나는 침대에 일어나 앉은 뒤 이불을 끌어안았다.

마이클은 헐렁한 파란색 잠옷을 입고 있었다. 마이클이 침대에 걸터앉았다. 내가 마이클에게 팔을 두르자 그 애의 목구멍에서 우스운 소리가 새어 나왔다. 우리는 입을 맞췄다.

"너희 누나⋯⋯." 잠깐 숨을 돌리는 동안 내가 속삭였다.

"걱정 마."

우리는 다시 입을 맞췄다. 잠시 뒤 마이클이 나를 살짝 밀어내며 말했다. "오늘 밤엔 널 귀찮게 하지 않으려고 했어⋯⋯. 여기 초대한 게 섹스 때문이 아니라는 걸 보여 주려고."

"난 아까 좀 실망했어." 내가 말했다. "내 잠옷 중에서 제일 예쁜 걸 입었단 말이야. 마음에 드니?"

"몸을 너무 많이 가리긴 하지만 예뻐. 촉감도 부드럽고." 마이클이 손을 뻗더니 침대 옆 탁자 위에 놓인 스탠드를 껐다. "얘네들 도대체 어떻게 여는 거니?" 마이클이 잠옷 단추를 열려고 애를 썼다.

나는 내 손으로 단추를 끌렀다.

"널 온몸으로 느끼고 싶어." 마이클은 그렇게 말하더니 잠옷 윗도리를 벗고 침대에 누워 나를 끌어안았다.

"느낌 좋은데." 마이클의 어깨와 등허리를 쓸어내리며 내가 속삭였다.

마이클이 입을 맞추며 내 다리 사이로 손을 집어넣었다. 하지만 나는 마이클의 손을 걷어 냈다. "오늘 밤은 안 돼……."

"난 괜찮아."

"난 괜찮지 않아." 마이클이 내 몸을 만지는 것이 싫거나 그런 것은 아니었다. 아니, 오히려 나도 바라는 바였다. 다만 우리 둘다 이성을 잃으면 안 될 것 같았다. "마이클……. 너무 흥분하지마……. 알지?"

"벌써 흥분했어."

그건 굳이 말하지 않아도 알 수 있었다.

우리는 다시 입을 맞췄다. 그러고 나서 마이클이 내 얼굴을 부드럽게 어루만지며 속삭였다. "사랑해, 캐서린. 정말이야……. 사랑해."

나 역시 마이클에게 같은 말을 돌려줄 수도 있었다. 머릿속으로는 내내 생각하고 있었으니까. '사랑해, 마이클.'이라고. 하지만 겨우 열아홉 번 만난 사람을 정말로 사랑할 수 있는 걸까?

"이런 말, 지금까지 아무한테도 안 했어." 마이클이 말했다.

"기분 좋다."

"널 밤새 꼭 안아 주고 싶어."

"나도."

다음 날 아침 아이크의 목소리에 깰 때까지 우리는 서로를 껴안은 채 자고 있었다.

바람은 불지 않았지만 추위가 매서운 화창한 날이었다. 마이클이 스키 타기에 완벽한 날씨라고 했다. 나는 긴 내의와 터틀넥 셔츠, 스키 바지, 스웨터를 입고 양말 두 켤레와 장화를 신었다. 몸이 어찌나 둔한지 거의 움직이기가 불가능할 지경이었다.

새런은 아직 자고 있었지만 아이크가 아침 식사로 시리얼과 계란 그리고 번빵을 식탁에 차려 두었다. "이건 건포도 안 들었어." 마이클이 내게 빵 접시를 건네며 말했다.

"어머, 나 건포도 안 먹는 거 어떻게 알았어?"

"새해 아침에. 기억 안 나?"

"아, 그때……." 시빌네 식탁 앞에 앉아서 번빵에 든 건포도를 빼내던 모습이 머릿속에 그려졌다. "너 기억력 끝내준다."

"다는 아니고 어떤 것만." 마이클은 그렇게 대꾸하며 미소를 지었다.

아침 식사가 끝나자 아이크가 마이클에게 차 열쇠를 주면서 나와 시내에 가서 스키 장비를 빌려 오라고 했다. "여기 대여소보다는 시내가 싸. 운 좋으면 너희 돌아올 때쯤 해서 섀런도 나갈 준비가 돼 있을 거야."

우리는 '알파인 스키'라는 가게로 갔다. 어렵게 내 발에 맞는 스키화를 찾아낸 마이클이 만족해하며 버클 여닫는 법과 고꾸라지지 않고 걷는 법을 가르쳐 주었지만 쉽지 않았다.

별장에 와 보니 섀런은 스키복을 입고 출발할 준비가 되어 있었다. 슬로프까지는 차로 얼마 떨어져 있지 않았다. 세 사람은 시즌권이 있어서 마이클이 내 것만 사 주었다. 나는 가격을 보고 놀라지 않을 수 없었다. "스키가 이렇게 돈 많이 드는 운동인 줄 몰랐어."

"그게 유일한 단점이야." 마이클이 대꾸했다.

"스키는 화장실부터 다녀온 다음에 신자." 섀런이 제안했다. "화장실 때문에 점심시간 전에 내려와야 하면 너무 아깝잖아."

나는 섀런을 따라 중앙 휴게소 지하로 내려갔다. 우리 둘 다 화장실에 다녀왔다. 손을 씻는 동안 섀런은 초보자들이 많이 다치는 이유가 스키를 독학으로 배우려고 하기 때문이라고 설명했다.

"마이클은 강사 자격이 있어. 안 그러면 아이크나 나나 너더러 제대로 된 스키 강습을 받으라고 했을 거야."

"마이클이 정말 그렇게 잘 타요?"

"걔 움직이는 거 보면 알 거야."

나는 미소를 지었다. 섀런도 내 미소의 의미를 눈치채고 웃음을 터뜨리며 덧붙였다. "내 말은 스키 타는 거."

"알아요."

"내 동생 아주 좋은 애야, 그치?"

"네, 저도 그렇게 생각해요."

"하지만 상처받기 쉬운 애야."

"무슨 말씀이세요?"

"음…… 애가 너무 솔직하잖아. 난 걔가 다치는 거 보고 싶지 않아."

섀런은 그 이야기를 할 때 나를 보지 않았다. 그저 거울을 들여다보며 입술에 연고 비슷한 것만 발랐다. 나는 무슨 말을 해야 좋을지 몰라 가만히 있었다. 마이클이 나 때문에 상처를 받으리라고 생각하는 걸까? 내가 마이클을 이용하거나 뭐 그럴 거라고?

"그만 가자." 섀런이 연고를 주머니에 집어넣으며 말했다. "아, 그리고 캐서린……."

"네?"

"방금 그 말, 암탉 잔소리처럼 들렸으면 미안해……. 아우, 나도 이제 동생 걱정 좀 그만해야 하는데 말이야. 어차피 걔도 다 컸는데, 그치?"

"네." 섀런도 아빠와 똑같은 걱정을 하다니, 우스웠다.

우리는 위층으로 올라갔다. 마이클과 아이크는 밖에서 우리를 기다리고 있었다. 우리 네 사람은 정오에 중앙 휴게소 앞에서 다시 만나기로 했다. 섀런과 아이크는 좀 더 어려운 코스에서 타겠다며 사라져 버렸다.

마이클이 내게 스키를 신겨 주었다. 스키는 아주 짧아 발 뒤로는 얼마 튀어나오지도 않았다. 마이클은 짧은 스키가 훨씬 배우기 쉽다며, 실력이 좋아지면 긴 스키를 타자고 했다. 나는 그런 날이 올 것 같지 않았다.

"자, 한쪽 발 먼저, 그러고 나서 다음 발." 나는 마이클이 가르쳐 준 대로 걸어 보려고 했지만 발이 뒤엉켜 넘어질 뻔했다. 그때까지는 우리 둘 다 웃음을 잃지 않았다. "스키가 눈 위로 미끄러지도록 해. 들어 올리지 말고."

"이, 이렇게?" 내가 물었다.

"아주 좋아." 마이클이 내 팔을 붙잡아 주며 말했다.

우리는 겨우겨우 리프트가 있는 곳에 도착했다. "리프트가 오면 의자 옆을 잡으면서 앉아." 마이클이 말했다. "준비…… 앉아!" 나는 시키는 대로 주저앉았다. 내가 리프트에 자리를 잡았다는 사실과 마이클이 옆에 있다는 사실이 그저 놀랍기만 했다. 하지만 찬찬히 생각해 보기도 전에 리프트가 위로 올라가고 있었다.

마이클이 안전대를 내리더니 나를 바라보며 말했다. "재미있을 거야."

나는 고개를 끄덕이며 미소로 답해 주었다.

"초보자 슬로프에서 내릴 거야. 그러니까 걱정하지 않아도 돼."

"걱정 안 해."

"무서워서 죽겠다는 표정인데?"

"장난치지 마…….. 빨리 배우고 싶어서 미치겠단 말이야." 말은 그렇게 했지만 속으로는 이런 생각이 들었다. 이렇게 높이 올라가다니, 어떻게 내려오지? 아빠 말이 맞았어……. 난 다리가 부러지고 말 거야. 어쩜 스키도 타기 전에 이 리프트에서 떨어져 다리가 부러질지도 몰라. 두 다리 다. 그리고 팔도……. 어쩌면 더 심한 일이 일어날지도 모르고.

"내리는 건 약간 어려워." 마이클이 안전대를 밀어 올리며 말했다. 덕분에 나는 언제 허공에서 떨어질지 모르는 운명에 놓이고 말았다. "자, 이제 내가 하는 대로 해……. 스키 끝을 위로 올리고."

나는 마이클이 시키는 대로 했다.

"그래, 그렇게……. 자, 이제 곧 일어서면 리프트가 뒤에서 밀어줄 거야……. 준비됐지?" 마이클이 그렇게 말하면서 내 손을 붙잡았지만 나는 마이클이 한 말을 죄다 까먹고 말았다. 덕분에 마이클은 나를 확 밀어낼 수밖에 없었다. 리프트가 내 머리에 부딪히지 않도록 하기 위한 조처였지만 그 바람에 나는 넘어지고 말았다.

"젠장!"

마이클이 웃음을 터뜨렸다.

"이게 웃겨?"

"익숙해지는 게 좋을 거야. 어차피 오늘은 하루 종일 바닥에서 기다시피 할 테니까. 하지만 기운 내. 내일이면 프로가 돼 있을걸."

"쳇!"

마이클은 내가 일어나도록 도와주었다. 콧물이 주르르 흘렀다. "여기." 마이클이 주머니에서 휴지를 꺼내 건넸다.

나는 코를 팽 하고 풀었다.

"아까 미리 말해 준다는 게 깜빡했는데…… 스키를 타면 누구나 콧물을 흘려."

"끝내준다!"

"준비됐니?"

"너, 내가 정말 이걸 탈 수 있을 것 같니?"

"나한테 운동 신경 좋다고 하지 않았어? 테니스 천재에 현대 무용광에……."

"나 천재란 말 한 적 없어. 광이란 말은 더더욱 안 했고!"

"진정해. 스키는 누구든 배울 수 있어."

"그래, 그랬으면 좋겠어. 근데 출발하기 전에 뭐 하나 물어봐도 되지?"

"당연하지. 뭔데?"

"나 이제 여기서 어떻게 내려가?"

"어떻게 내려가긴? 당연히 스키 타고 내려가는 거지."

"아아, 그렇게 대답할 것 같더라니."

마이클이 옳았다. 첫 번째 시도에서 나는 두 발로 서 있는 시간보다 바닥에서 헤매는 시간이 더 길었지만 정오까지 초보자 슬로프를 세 번이나 오르락내리락했다. 그리고 세 번째 시도 때는 리프트에서 내릴 때 넘어지지 않은 것은 물론이고 딱히 스키를 탄다고 표현하기에는 좀 무리가 있었지만 적어도 뭔가를 하고는 있었다.

섀런과 아이크는 벌써 중앙 휴게소에 도착해 점심 먹을 테이블을 맡아 놓고 있었다. "왔구나. 그래, 어땠니?" 아이크가 물었다.

"얘, 얼마나 잘 타는지 몰라요. 정말 자랑스러워요!" 마이클이 말했다.

"재미있었니?" 섀런이 내게 물었다.

"네, 재미있어요. 느낌이 정말 좋아요."

"상쾌하지." 아이크가 말했다.

"맞아요, 바로 그거예요. 상쾌."

"식욕도 자극하고." 섀런이 끼어들었다. "나 배고파 죽겠어."

"이러고 있지 말고 얼른 가서 줄 서자." 마이클이 제안했다. "여기서 시간 낭비하기 싫단 말이야. 캐스랑 빨리 또 올라가고 싶어."

점심 식사를 마친 뒤 우리는 조금 어려운 코스를 시도했다. "자,

양쪽 스키를 나란히 모으고." 마이클이 말했다. "슬로프 위로 부드럽게 죽 미끄러지도록 해. 하나 둘, 하나 둘. 그렇지. 자, 이제 발꿈치에 힘을 꽉 주면서 틀어. 좋아, 잘했어."

"와우, 성공했어." 나는 소리를 질렀다. "내가 정말 멈춰 섰어!"

"그래. 이제 균형 잃을 때마다 번번이 엉덩방아 찧지 않아도 되겠다."

나는 눈을 뭉쳐서 마이클에게 던졌다. 하지만 마이클은 재빨리 몸을 숙이며 웃었다.

우리는 리프트 운행이 끝나는 오후 4시까지 계속해서 스키를 탔다.

"정말 최고였어." 마이클이 내 바인딩을 풀어 주는 동안 내가 말했다. "나, 스키 타는 거 너무너무 좋아."

"다행이다. 생각해 보니까 너도 뭐 아주 형편없는 학생은 아니었어." 마이클이 대꾸했다.

"생각을 해 보다니? 무슨 생각?"

"아니 그냥. 생각해 보니까 그렇다고." 마이클은 그렇게 말하면서 내 코에 가볍게 입을 맞췄다.

나는 별장으로 돌아올 때까지는 근육통이 얼마나 심한지 느끼지 못했다. 하지만 막상 차에서 내리려고 하니 꼼짝할 수가 없었다. 결국 마이클이 나를 끌어 내려야 했다. "온몸이 쿡쿡 쑤셔. 서 있지도 못하겠어."

"목욕을 하면 좀 나을 거야." 섀런이 말했다. "뜨거운 물 계속 채워 가면서 탕에 좀 앉아 있어 봐. 눈도 잠깐 붙이고. 시간 많으니까. 저녁은 7시나 돼야 먹을 거야."

나는 목욕을 한 뒤 잠을 청했다. 그러다 귓가에 대고 속삭이는 마이클의 목소리에 잠이 깼다. "캐스…… 저녁 먹어……."

"으응……." 나는 잠이 덜 깬 소리를 내며 돌아누웠다.

마이클이 침대 가장자리에 걸터앉으며 물었다. "일으켜 줄까?"

"어……." 눈을 뜨자 마이클의 얼굴이 바로 옆에 있었다.

"안녕." 마이클이 물었다.

"안녕." 나는 마이클을 잡아당겨 꼭 끌어안았다.

"나중에 더 자. 지금은 일어날 시간이야."

"싫어……. 조금만 더 누워 있을래."

"너 지금 당장 안 일어나면 내가 도와준다?"

"알았어, 금방 일어날게……."

마이클은 침대에서 일어났고, 나는 다시 눈을 감았다. 욕실에서 수돗물 소리가 들렸다. 잠시 후 방으로 돌아온 마이클이 나를 내려다보며 이름을 불렀다. "캐스." 눈을 뜨자 손에 물컵을 든 마이클이 보였다. 당장에라도 내 머리에 물을 쏟을 기세였다.

"너 그거 나한테 붓기만 해 봐." 나는 소리를 지르며 침대에서 뛰쳐나왔다.

"이제 일어났으니까 물세례는 필요 없겠지. 하지만 다음번엔 안

봐줄 거야." 마이클이 말했다.

저녁 식사를 한 뒤 우리는 불가에 둘러앉아 잠시 대화를 나누었
다. 조금 뒤 마이클이 일어서더니 창가로 다가갔다. "별이 밝은데?
우리 잠깐 산책이나 할까?" 마이클이 그런 식으로 나를 바라볼 때
면 아직도 심장이 두근거렸다.

나는 장화를 신고 점퍼를 입었다.

"동상 걸리지 않게 얼른 들어와." 섀런이 우리 등 뒤에서 외쳤다.

우리는 별장에서 어느 정도 멀어지자마자 입을 맞췄다. "밖으로
나오지 않을 수 없었어. 너랑 단둘이 있고 싶단 생각뿐이었거든."
마이클이 말했다.

"알아, 나도 그랬어."

우리는 손을 잡고 걷기 시작했다. "와아, 별이 이렇게 많은 건 처
음 봐."

"어둡고 공기가 맑아서 그래. 도시의 불빛이나 자동차, 매연 같
은 게 없으니까."

"나, 별 보는 거 좋아해."

"난 너 보는 게 더 좋더라."

"아우, 마이클. 이제 그만 좀 해." 나는 마이클을 장난스럽게 한
대 툭 쳤다.

별장으로 돌아와 보니 섀런과 아이크가 불 앞에 길게 드러누워

마리화나를 피우고 있었다. "왔니?" 섀런이 말했다. "추워서 귀 떨어져 나간 거 아니고?"

"거의 그럴 뻔했어요." 내가 대답했다. 나는 섀런이 마리화나를 피우는 것을 보고 깜짝 놀랐다. 굉장히 모범적인 사람일 거라고 생각했기 때문이다. 특히 마이클은 다치기 쉬운 애라며 상처 어쩌고 운운한 뒤로는.

"볼이 아주 발그스름해졌는데." 아이크가 말했다.

"늘 그래요."

"예쁘잖아요." 마이클이 내 얼굴에 손을 갖다 대며 말했다.

아이크가 마리화나를 입에 물더니 길게 한 모금 빨아 마신 뒤 마이클에게 내밀었다.

"피울래?" 마이클이 내게 물었다.

"아니." 내가 대답했다.

"우린 그냥 올라가 쉴게요." 마이클이 내 손을 잡으며 아이크에게 말했다. "캐서린이 굉장히 피곤한가 봐요."

"안녕히 주무세요." 나는 마이클과 함께 위층으로 올라가며 밤 인사를 건넸다.

"그래, 잘들 자라." 섀런이 소리쳤다.

"어, 누나랑 매형도."

마이클이 내 침대에 누웠다.

"넌 저런 거 안 피우는 줄 알았어." 내가 말했다.

"안 피워, 이제는. 그냥 가끔씩 누나네랑 있을 때만 빼고……."

"흠." 나는 창가로 가 창문을 빠끔히 열었다. 방 공기가 신선한 게 좋았다. "난 딱 한 번 피워 봤어. 근데 하나도 좋지는 않고…… 배만 아팠어."

"처음엔 그럴 수 있어."

"그리고 난……." 나는 화장대 앞으로 가 빗을 집어 들었다. "스스로를 통제하지 못하는 것도 싫어." 잠시 뒤에 있을 일이 궁금했다. 마이클이 오늘도 내 침대에서 잘까? 어젯밤엔 정말 좋았는데.

"나도 알아." 마이클이 말했다.

"한 번 더 피워 보면…… 나도 확 갈까?"

"글쎄. 넌 안 그럴 것 같아."

나는 머리를 빗기 시작했다. 마이클은 나를 가만히 지켜만 보고 있었다. 나는 '이제 어떻게 할 거야?'라고 묻고 싶었다. 무슨 계획이 있을까? 자기가 뭘 해야 하는지 알고 있을까? 그냥 쓰여 있는 대로 따라 하게 무슨 대본이라도 있으면 좋으련만. 그럼 실수를 저지르지 않을 텐데. 문득 '생리 중인 것 잊지 마.' 하고 마이클에게 말하고 싶은 충동이 일었다. "왜, 애들 중에도 학교에서 가만 못 있고 내내 붕 떠 있는 애들 있잖아."

"그건 좀 다른 거야." 마이클이 말했다.

"난 말이야……." 나는 빗을 내려놓으며 말을 이었다. "섀런이랑 아이크가 저런 걸 피운다는 것 자체가 좀 의외야. 그러니까 내 말은, 아이크는 심지어 직업이 의사잖아." 나는 화장대 서랍을 열고 잠옷을 꺼냈다. 이제 이걸 갈아입어야 하나? 갈아입어야겠지? 그래, 하지만 오늘은 단추를 채우지 말아야지.

"누나랑 매형이 중독됐다거나 뭐 그런 건 아니야." 마이클이 말했다.

"나도 알아……. 어떻게, 욕실…… 오늘도 내가 먼저 써?"

"어, 그래."

나는 잠옷을 입고 그 안에 팬티를 입었다. 용무를 마친 뒤에는 어제처럼 소리쳤다. "다 끝났어. 이제 너 써도 돼."

나는 침대에 누워 기다렸다. 몇 분 뒤 마이클이 방문을 열었다. 어제와 똑같은 파란색 잠옷 차림이었다. "안녕." 마이클은 내게 마치 손이라도 흔드는 것 같은 동작을 해 보였다.

나도 "안녕."이라고 대답했다.

마이클이 안경을 벗어 침대 옆 탁자에 내려놓더니 불을 끄고 내 옆에 누웠다. 한동안 입을 맞추고 있는데 마이클이 잠옷 윗도리를 벗으며 말했다. "너도 벗어……. 거추장스럽잖아."

나는 머리 위로 잠옷을 벗어 바닥에 떨어뜨렸다. 이제 우리 사이에는 내 팬티와 마이클의 잠옷 바지밖에 없었다. 우리는 다시 입을 맞췄다. 피부에 와 닿는 마이클의 느낌이 날 어찌나 흥분시키던지 가만히 누워 있을 수가 없었다. 마이클이 몸을 굴려 내 위로 올라왔다. 우리는 계속, 계속해서 움직였다. 느낌이 너무 좋아 도저히 멈추고 싶지가 않았다. 절정에 도달할 때까지.

일 분 뒤 나는 마이클의 손을 잡았다. "가르쳐 줘, 어떻게 하는 건지."

"그냥 네가 하고 싶은 대로 해."

"그러지 말고 도와줘, 마이클……. 내가 너무 바보 같잖아."

"그런 소리 하지 마." 마이클이 잠옷 바지를 벗더니 내 손을 페니스 쪽으로 이끌었다. "캐서린, 이쪽은 랄프야……. 랄프, 앤 캐서린. 내 여자 친구."

"다른 페니스들도 죄다 이름이 있니?"

"나야 내 경우밖에 모르지."

책에서 보면 페니스는 늘 뜨겁고 고동치는 것으로 묘사되어 있었다. 하지만 랄프는 보통 피부와 다르지 않았다. 그저 모양만 달랐다. 아니, 모양뿐만 아니라 더 정확히 말하면 감촉도 매끄럽지는 않았는데, 마치 피부 밑에서 많은 일이 일어나고 있는 것 같았다. 나는 마이클을 만지는 일이 왜 그렇게 긴장되는지 알 수가 없었다. 그러나 두려움이 일단 극복되자 내 손은 어디로든 향했다. 나는 마이클의 온몸을 느끼고 싶었다.

이런저런 시도를 해 보며 내가 물었다. "이렇게 하는 거 맞아?"

마이클이 속삭였다. "다 좋아."

나는 마이클에게 입을 맞췄다. 마이클의 얼굴은 땀으로 흠뻑 젖었고 눈은 반쯤 감겨 있었다. 마이클이 내 손을 잡더니 다시 랄프에게로 이끌었다. 그러고는 랄프를 어떻게 잡아야 하는지, 위아래로 반복해서 어떻게 움직여야 하는지를 보여 주었다. 얼마 안 가 마이클의 입에서 신음 소리가 새어 나왔다. 나는 마이클이 절정에 다다랐음을 느꼈다. 쿵쿵 하고 맥이 뛰는 듯했고 책에 쓰여 있던 것처럼 고동치는 느낌이 느껴졌다. 그리고 축축한 것이 흘러나왔다. 손이 젖었지만 나는 랄프를 놓지 않았다.

우리는 한동안 아무 말도 하지 않고 가만히 누워 있었다. 잠시 뒤 마이클이 침대 옆에 놓여 있던 화장지를 집더니 상자째 내게 건넸다. "여기, 화장지……. 미안, 너한테까지 묻힐 생각은 없었는데."

"괜찮아……. 상관없어." 나는 화장지를 몇 장 뽑았다.

마이클이 화장지를 제자리에 올려놓았다. 그러고는 배를 훔쳐 내며 이렇게 말했다. "너무 좋다."

나는 마이클의 얼굴에 있는 점에 가볍게 입을 맞췄다. "나…… 경험 없는 거에 비하면…… 그럭저럭 괜찮았어?"

마이클이 웃음을 터뜨리더니 나를 감싸 안았다. "정말 잘했어……. 랄프가 굉장히 좋아했어."

나는 마이클의 가슴을 베고 옆에 나란히 누웠다.

"캐스."

"응?"

"어젯밤에 내가 사랑한다고 한 거 기억해?"

"응."

"그 말…… 진심이야. 꼭 섹스 때문이 아니야. 섹스는 일부에 불과해. 하지만 사랑은 그 이상이야……. 알지?"

"알아……. 나도 널 사랑하니까." 나는 마이클의 가슴에 대고 조용히 속삭였다. 맨 처음 할 때가 힘든 말이었다. 그 말 속에는 뭔가를 너무 확고히 결정지어 버리는 듯한 느낌이 깃들어 있었다. 그러나 두 번째로 말할 때는 침대에서 일어나 앉아 마이클의 얼굴을 똑바로 들여다보았다. "사랑해, 마이클 와그너."

"영원히?" 마이클이 물었다.

"영원히." 나는 고개를 끄덕였다.

"아직도 서로 좋아해?" 내가 버몬트에서 돌아오자마자 제이미가 질문을 던졌다. 제이미는 엄마, 아빠와 함께 작은 방에서 내가 돌아오기를 기다리고 있었다. 나는 소파에 털썩 몸을 던졌다. 그 작은 폭스바겐에서 일곱 시간은 엄청 긴 시간이었다.

"당연하지. 왜, 이제 서로 좋아하면 안 돼?"

"아빠가 오래 붙어 있으면 오히려 사랑이 빨리 식어 버릴 수 있다고 해서."

나는 아빠를 돌아보았다. 아빠는 얼굴이 벌게져 있었다. "우리가 끝나길 바라시는 거예요?" 내가 물었다.

"바보같이 굴지 마라, 캐스." 아빠가 말했다.

"그럼 그런 말씀을 왜 하셨어요?"

"그건 그냥 일반적인 얘기였어. 너랑 마이클 얘기를 한 게 아니고."

"아빠 말이 맞아. 함께 보내는 시간이 많으면 사랑이 더 깊어질수 있다는 얘기도 했어." 궁지에 몰린 아빠를 구해 주려는 듯 엄마가 나섰다.

"우린 그럼 그런 경우인가 봐!" 나는 아빠를 똑바로 쳐다보며 말했다. "같이 있어서 더 좋아졌거든."

"잘됐다." 제이미가 말했다.

삼십 분쯤 앉아 있다가 자러 올라갔는데, 아빠가 내 방에 들어왔다. "네가 보기에는 아빠가 너희 둘 사이를 별로 안 좋아하는 것 같니?" 아빠가 먼저 입을 열었다.

"그럼 좋아하세요?"

"당연하지. 아빤 다만 관계가 너무 깊어질까 봐 걱정하는 거야. 그게 다란다."

"관계가 깊어지는 게 뭐가 어때서요?"

"글쎄다, 내가 단어 선택을 좀 잘못한 것 같구나. 난 그냥 서로를 너무 구속하는 건 좋지 않다는 얘길 하고 싶었어."

"구속을 누가 하는데요?"

아빠가 한숨을 내쉬었다. "캐스, 그렇게 계속 되받아치지 좀 마라. 아빤 그냥 평생이 걸린 결정을 내리기에는 너희가 너무 어리다는 얘길 하려는 것뿐이야."

"전 지금 평생이 걸린 문제를 결정하는 게 아니에요."

"네 장래를 생각해야지, 캐스."

"무슨 말씀이세요?"

"또 그런다."

"죄송해요. 하지만 장래 일은 그때 가서 걱정해도 되잖아요."

다음 날 아침, 나는 아빠가 테니스를 치러 나가고 제이미가 학교
에 갈 때까지 기다렸다. 그러고 나서 샤워하러 들어가는 엄마를 붙
잡고 물었다. "아빠 도대체 왜 그래? 내가 마이클이랑 끝내길 바라
는 거야?"

"당연히 아니지."

"그럼 됐어. 어차피 그럴 생각 없으니까……. 아빠가 그러라고
해도 소용없어."

"그러라고 안 해. 아빤 그냥 네가 예전처럼 여러 사람이랑 어울
리기를 바라는 것뿐이야."

"하지만 내가 원하질 않는데……? 다른 남자애들이랑은 별로
어울리고 싶지 않아."

"그래, 네 마음 알아, 캐스. 그리고 아빠도 속으로는 다 이해해.
다만 그걸 인정하기가 힘든 거야."

"나도 알아."

"근데 너 학교 안 늦었니?"

"자율 학습 시간은 놓칠 것 같아. 괜찮아, 별거 아니니까!"

"엄마가 학교까지 태워다 줘? 옷만 갈아입으면 되는데."

"좋아."

나는 필요한 책들을 챙긴 뒤 세탁실에서 깨끗한 체육복을 걸어왔다. 그리고 나서 주차장으로 가 시동을 걸었다. 면허증은 9월에 땄지만 직접 차를 운전한 적은 거의 없었다.

엄마가 모자를 쓰고 장갑을 끼며 밖으로 나왔다. 엄마도 나처럼 흰색 털모자를 쓰고 있었다. 다만 엄마는 모자를 이마까지 푹 눌러 쓰면 얼굴이 가렵다며 뒤로 젖혀서 썼다.

"아우, 추워!" 엄마가 차 문을 열며 말했다.

"내가 운전할까?" 내가 물었다.

"안 돼. 골목길들은 아직 빙판이더라."

내가 조수석으로 물러나자 엄마가 운전대 앞에 자리를 잡았다.

차를 타고 가는 길에 내가 불쑥 질문을 던졌다. "엄마……. 엄만 결혼할 때 처녀였어?"

엄마는 계속해서 정면만 똑바로 바라보았지만 운전대를 잡은 손에 힘이 들어가는 게 보였다.

나는 얼른 덧붙였다. "아니 그러니까, 엄마가 그렇다고 했던 건 기억하는데……."

우리는 빨간불에 걸려 차를 세웠다. 엄마가 나를 돌아보며 말했다. "아빠랑 약혼할 때까지는 처녀였어……. 결혼할 때는 아니었고."

"그럼 아빠는……?"

"엄마 때는 기준이 이중적이었어. 남자들은 결혼 전에 가능한 한 경험이 많아야 하고……."

뒤차가 빵빵댔다. "엄마, 파란불." 내가 말했다.

"어, 그래." 우리는 이스트 브로드 거리를 따라 달리며 철도 굴다리 밑을 통과했다.

"그때까지 기다리길 잘했다고 생각해?" 내가 물었다.

"글쎄, 꼭 기다렸다고는 생각하지 않아……. 엄만 그때 겨우 스무 살이었는데 뭐."

"만약 그때로 돌아간다면 또 약혼할 때까지 기다릴 거야?"

"지금은 세상이 다르잖니. 하지만 돌아갈 수 있다면 무엇보다도 그렇게 일찍 결혼하지는 않을 것 같아."

"아니, 그건 그거고. 기다릴 거냐고?"

"아우, 몰라. 대답 못 하겠어……. 엄마도 잘 모르겠단 말이야."

나는 더 이상 아무 말도 하지 않았다. 하지만 학교에 도착하자 엄마는 나를 그냥 내려 주지 않고 주차를 한 후 시동을 껐다. "캐스……." 엄마가 입을 열었다. "엄만 섹스에 대해서 너한테 늘 솔직했어……."

"알아."

"그래서 말인데, 성급히 뛰어들기 전에 그 뒤에 일어날 모든 상황을 통제할 수 있다는 확신이 너한테 분명히 있어야 해. 섹스는 아주 단단한 결합이야. 한번 발을 들여놓으면 그냥 손을 잡는 정도의 관계로는 되돌아갈 수가 없어."

"그것도 알아."

"그리고 몸과 마음을 상대에게 모두 허락하고 나면, 상처받기가 굉장히 쉬워져."

"그 얘기, 얼마 전에도 한 번 들었어."

"정말이야." 엄마가 말했다. "뭐가 옳고 그른지 판단하는 건 너한테 달렸어. 난 하라고 부추기지도, 절대 안 된다고 막지도 않을 거야. 그러기엔 너무 늦었으니까. 그래도 엄만 네가 책임감 있게 행동하길 바라. 어떤 결정을 내리든."

"내 결정 내리려고 물어본 거 아니야, 엄마. 그냥 궁금해서 물어봤어, 정말이야."

"그래, 알아." 엄마가 내 얼굴을 어루만지며 말했다. "자, 이제 어서 가 봐. 수업 잘 듣고."

우리는 잠시 동안 서로를 물끄러미 바라보았다. 그러다가 나는 오랫동안 하지 않았던 행동을 했다. 몸을 숙여 엄마에게 입을 맞춘 것이다.

"정말 믿을 수가 없다, 믿을 수가 없어." 내 주말여행 이야기를 들은 에리카가 흥분했다. "아직도 처녀라니!"

"긍정도 부정도 하지 않겠어."

"그래도 난 알아."

"어떻게?"

"다 아는 수가 있지. 네가 처녀 딱지를 떼 버렸으면 아마 한눈에 알아봤을걸."

우리는 학교 식당에서 늘 앉는 자리에 앉았다. 에리카는 그날 점심 메뉴로 나온 핫도그를 먹고 있었다. 나는 핫도그를 좋아하지 않는 유일한 미국 사람인 까닭에 쟁반에 샌드위치와 오레오 쿠키 한 봉지를 담아 왔다. "에리카." 내가 입을 열었다. "내가 마이클이랑 뭘 하는지는 우리 사생활이야. 그래서 말인데 나, 거기에 대해선 별로 말하고 싶지 않아."

에리카가 상처받은 얼굴로 나를 바라보았다. "어, 그래. 물론이지. 알았어……."

"이해해 줘, 에리카."

"이해해……. 이해하고말고……."

"너도 사랑에 빠지면 혼자만 간직하고 싶은 일이 생길 거야. 지금 내가 해 줄 수 있는 말은 이게 다야."

"그럼 정말 사랑하는 거야?"

"응."

"마이클도?"

"응."

"걔가 정말 그렇게 말했어? 분명하게?"

"그렇다니까."

"와아……. 낭만적이다!"

"넌 낭만 나부랭이 싫어하는 줄 알았는데?"

"맞아. 싫어해." 에리카가 후루룩 소리 내 우유 잔을 비우면서 말했다.

우리는 쟁반을 식기 반납대로 가져갔다. "나랑 아티에 대해선 궁금하지 않니?" 에리카가 물었다.

"궁금하긴 하지. 하지만 캐묻고 싶진 않아."

"우리, 토요일에 옷 벗기 포커 했어."

"거짓말!"

에리카가 웃었다. "알몸이 될 때까지."

"그러다 너희 부모님이라도 들어오면 어쩌려고 그랬어?"

"우리 엄마랑 아빠 내 사생활 존중해 주잖아."

"그건 우리 부모님도 그래. 물론 아직……."

"어쨌든, 같이 자지는 않았지만 서로 애무는 했어. 그런데 그러고 있자니 점점 심리 치료사가 된 것 같은 기분이 드는 거야."

"너 그러다 걜 돕기는커녕 오히려 상처를 줄 수도 있어."

"그런 생각, 나도 해 보긴 했지……. 하지만 아티는 자기 문제에 대해 아주 개방적이야. 호모는 아니더라. 그렇게 결론 내렸어. 그냥 단순한 발기 부전 같아. 거기에 대해서 꽤 자세히 찾아 읽었거든. 내가 걜 도와줄 수 있을 것 같아. 확실해."

"하지만 에리카……. 남자애랑 자고 싶은 거면 그냥 다른 애를 찾지 그러니?"

"그래, 맘만 먹으면 내일이라도 당장 아무하고나 잘 수 있어." 에리카가 말했다. "하지만 그건 이제 별로 중요하지 않아. 난 아티랑 할 거야."

"왜?"

"내가 걜 도와줄 수 있을 것 같으니까. 그게 첫 번째 이유야. 그리고 두 번째는……. 아우 뭐, 그냥."

"글쎄다, 난 잘 모르겠어……. 내가 보기엔 너희 둘 다 이쯤에서 그만두는 게 나을 것 같은데."

"싫어, 절대 관두지 않을 거야. 그리고 우리, 진짜 좋아한단 말이야. 물론 너랑 마이클 같지는 않지. 하지만 그런 행운을 누구나 누리는 건 아니잖아……?"

11

  3월은 보통 아주 느리게 지나갔다. 방학도 없고, 날씨도 여전히
춥고 어두웠기 때문이다. 선생님들은 공부를 더 열심히 하라며 우
리들을 쫘치기 일쑤였고, 나는 늘 봄이 과연 오기는 오는 걸까 싶
었다.

  그러나 이번 3월은 달랐다. 나는 세상 꼭대기에 올라선 느낌이
었다. 마이클과 나는 틈날 때마다 만났다. 그레이트 고지에서 스키
를 두 번 탔고, 한번은 뉴욕 레인저스의 아이스하키 경기를 보러
일요일에 매디슨 스퀘어 가든에도 갔다. 에리카와 아티도 함께 갔
다. 레인저스가 지자 아티는 그게 마치 자기 책임인 양 몹시 괴로
워했다. 나는 경기장 밖으로 빠져나오면서 아티를 위로했다. "이

길 때도 있고 질 때도 있는 거지 뭐……." 내가 말했다.

아티가 고개를 저었다.

"아티, 기운 좀 내……. 그냥 단순한 게임이었잖아."

"단순한 게임이란 건 없어."

"다음번엔 이길 거야."

"다음번은 소용없어."

우리는 비프 브루로 가 칸막이 쳐진 자리에 앉았다. 주문을 하려고 기다리는데 에리카가 불쑥 말을 꺼냈다. "너희, 아티가 미국 드라마 예술 학교에서 입학 허가 받은 거 아니?"

"와, 굉장하다. 너 이제 정말로 네 길을 가게 됐구나." 내가 말했다.

"꽉 막힌 길이지……. 우리 집 꼰대가 못 가게 해." 아티가 대꾸했다.

에리카가 아티를 돌아보며 말했다. "너 나한테 그런 말 안 했잖아."

"어, 그게…… 결정 내리신 지 얼마 안 됐거든. 4년제 대학엘 가든지, 아니면 다 관두든지 하래."

"말도 안 돼. 자기가 그럴 권리가 어딨어?" 에리카가 말했다.

"그렇지 않아……. 생각을 해 봐, 대학 등록금이 누구 주머니에서 나오나."

"아티……." 내가 끼어들었다. "대학에서 연극을 전공할 수도 있잖아."

"너의 그 영원한 낙관주의는 끝이 없구나." 아티가 빈정댔다.

"미안……. 난 그저 문제의 밝은 면을 보려고 했을 뿐이야." 나는 마이클이 혹시 도와줄까 싶어 돌아보았지만 마이클은 아무 말도 하지 않았다. 아티의 아버지에 대해 이미 알고 있는 것 같았다.

"네 권리를 주장해야지!" 에리카가 외쳤다. "거기 아니면 안 가겠다고 해."

"그만 좀 해!" 마이클이었다. 마이클의 갑작스러운 외침이 에리카의 말문을 막았다.

그러고 나서 우리 모두는 메뉴판만 들여다보았다. 아니, 보는 척했다. 우리 자리에는 불편한 정적이 감돌았다. 마침내 종업원의 목소리가 들렸다. "주문하시겠어요?"

나중에 우리 집으로 돌아와 마이클과 나만 남게 되었을 때 내가 말했다. "아티 그러는 거 정말 처음 봐. 너무 우울해하던데?"

"응."

"평소에는 장난치는 거랑 게임하는 것밖에 모르더니."

"그건 남들한테 보여 주기 위한 모습이고."

"그럼 진짜 아티는 그렇지 않단 말이야?"

"늘 그런 건 아니고 그냥 가끔……."

"걔 오늘, 내가 무슨 말 할 때마다 공격적으로 나오는 거 봤니?"

"봤어……. 하지만 걔 그러는 거, 이번이 처음은 아니야. 며칠 있으면 다시 괜찮아질 거야. 학교 때문에 그러는 거니까 네가 이해해야지. 걔 진짜 일반 대학이라면 학을 떼거든. 거기 가면 사 년은 고사하고 글쎄, 일 년도 채 못 버틸걸……."

"그렇게까지 심각한 줄은 몰랐어."

"너야 모를 수밖에 없지."

"그나저나 아티랑 에리카는 어떤 것 같니? 잘 맞는 것 같아?"

"그건 내가 상관할 일은 아닌 것 같아. 하지만 지난번 연극 공연 뒤로 학교 여자애들이 걔한테 얼마나 달려드는지 몰라. 근데 아티는 전혀 관심이 없어……. 그건 결국……."

"너라면 관심을 보일 것 같아……?"

"당연하지. 나야 더 나은 여자애가 없으니까 너랑 사귀는 거고." 마이클이 농담을 하며 나를 옆으로 바짝 끌어당겼다. "캐스, 네 마음은 알아. 하지만 지금은 우리가 아티를 위해서 할 수 있는 일이 아무것도 없어."

"그래, 그런 것 같다……."

"하지만 랄프를 위해선 있지." 마이클이 내 손을 허리띠 버클 쪽으로 가져가며 말했다.

마이클이 목요일에 전화를 걸어 섀런과 아이크가 스키를 타러 가는데 같이 가자고 했다는 말을 전했다. 특별한 경우라 일주일 동안 학교를 빠질 계획이고 이미 부모님의 허락도 받았다며, 다음 날 아침에 출발해서 다음 주 일요일에 돌아온다고 했다.

"뭐, 열흘이나? 그 사이에 주말이 두 번이나 되는데?" 내가 말했다.

"캐스, 나한텐 정말 중요해……. 너도 알지만, 나 지금 다음 단계 스키 강사 시험 준비 중이잖아."

"그래, 알아……."

첫 번째 주말에는 엄마와 아빠가 내가 단 일 분도 혼자 있지 않도록 만반의 조처를 취했다. 사람들이 봤으면 내가 무슨 과부라도 되는 줄 알았을 거다. 금요일 저녁에는 다 같이 외식이나 하자며 나를 데리고 나갔고, 토요일에는 제이미와 쇼핑을 내보냈다. 집에 돌아오니 할머니가 전화를 걸어 하룻밤 자고 가지 않겠느냐고 물었다. 그래서 나는 짐을 쌌고, 엄마와 아빠는 나를 뉴욕까지 바래다주었다.

일요일 아침에는 할아버지와 함께 센트럴 파크를 산책했고, 오후엔 할머니와 함께 「바람과 함께 사라지다」를 보러 갔다. 할머니는 가장 좋아하는 영화라 지금까지 열여섯 번이나 보셨다고 했다. 영화가 끝나자 할머니가 클라크 게이블을 어떻게 생각하느냐고 물었다. 귀가 너무 튀어나온 것 같다는 내 대답에 할머니는 고개를 절레절레 흔들며 이렇게 말했다. "캐스, 너한테 실망했다." 하지만 할머니는 나를 놀리려고 그러시는 거다.

학교에 다니는 일주일은 지루하기만 했다. 제이미가 나더러 꼭 병든 개처럼 보인다고 했다. 사실 그런 기분이기도 했다. 어느 날 저녁을 먹는데 아빠가 마이클과 교제하는 거냐고 물었다.

"요즘엔 교제라는 말 안 써요. 그냥 사귄다고 하죠."

"그 말, 다른 남자애는 만나면 안 된다는 뜻이니?" 아빠가 다시 물었다.

"다른 남자애는 제가 만나기 싫다는 뜻이에요."

"난 옛날에 어떤 애랑 교제한 적 있는데," 엄마가 차에 꿀을 한 숟갈 떠 넣더니 빙빙 저으며 말을 이었다. "심지어 걔네 학교 반지를 목걸이 줄에 끼워서 하고 다녔어. 걔 이름은 세이무어 맨들바움이었지."

"세이무어 맨들바움?" 제이미가 웃음을 터뜨렸다.

"난 11학년이고 걘 12학년이었어. 아유, 뭐하고 살지 궁금하네." 엄마가 말했다.

엄마가 옛 남자 친구 이야기를 꺼낸 것은 내가 마이클과 사귀는 게 문제 될 것 없다는 걸 아빠에게 보여 주기 위해서인 듯했다.

그러자 아빠가 놀라운 고백을 했다. "난 두 번 교제했었어."

"아빠가요?" 내가 물었다.

"그래. 한 번은 10학년 때였는데 내 이름이 새겨진 팔찌를 그 애한테 선물로 줬었지. 그리고 또 한 번은 대학교 1학년 때였고."

아빠와 엄마는 자신들의 대학 시절을 추억하기 시작했다. 나는 두 분 이야기를 들으며 나와 마이클의 경우는 특별하다는 말을 할

수가 없었다. 우리의 경우는 교제니 뭐니 하는 50년대 유행 얘기가
아닌 사랑이라고. 참되고 진실한 진짜 사랑.

다음 날 아침을 먹는데 아빠가 또다시 말을 꺼냈다. "벌써부터
너무 한 남자애한테만 매이면 안 좋아. 두루두루 사귀는 편이 훨씬
더 행복할 텐데, 그러니……."

"아빠 이해 못 하세요." 내가 대꾸했다. "전 불행하지 않아요. 마
이클이 보고 싶을 뿐이에요."

"내년엔 어쩔 거니?" 엄마가 물었다. "대학 들어가면 헤어져야
할 텐데."

엄마의 질문은 나를 담임에게 달려가도록 만들었다. 담임이 나
를 보자 반가워하며 먼저 말을 꺼냈다. "아유, 캐서린 왔구나. 안 그
래도 지금 직업 소개의 날 일정 마무리 작업하고 있었어. 4월 25일
이 코앞으로 다가왔잖니."

"저, 오늘은 그 일 때문에 온 게 아니고요……."

"그럼 왜?"

"저, 다른 대학에 지원해야 할 것 같아요. 지금 당장요."

"어머, 이젠 너무 늦었는데."

"저도 알아요……. 하지만 상황이 갑자기 좀 급하게 됐어요."

선생님이 내 서류철을 꺼내더니 한 장 한 장 넘겨 가며 말을 이
었다. "어디 보자, 미시건이랑 펜실베이니아 주립대 그리고 덴버
에 지원했구나. 다 좋은 학교들인데."

"하지만 이젠 버몬트에 가고 싶어요. 거기나 미들베리요."

"갑자기 왜 마음이 바뀌었니?"

"남자 친구가 생겼는데…… 같이 있고 싶어요."

"부모님이랑은 의논했니?"

"아직요."

"우선은 부모님 허락이 있어야 해. 하지만 허락을 받아 와도 꼭 된다는 보장은 못 하겠다……. 미들베리는 들어가기가 굉장히 어렵고, 버몬트는 자기네 지역 출신 학생들부터 우선적으로 뽑아서 말이야."

"부모님 허락은 걱정 마세요. 내일까지 받아 올 수 있어요."

하지만 그날 오후 엄마의 대답은 일언지하에 "안 돼!"였다. "현명한 선택이 아니야. 이미 세 군데나 지원했잖아."

"하지만 엄마…… 마이클이랑 떨어져 있으면 내가 어떻게 되는지 이번 주에 봤잖아."

"방학 때 보면 되잖아. 주말에도 가끔씩 볼 수 있고. 그리고 너희 둘이 정말로 그렇게 좋아하는 거라면 오히려 떨어져 있는 동안 서로에 대한 감정이 더 커질 거야."

"정말 그렇게 생각해?" 내가 물었다.

"그래. 그리고 이 년 뒤면 편입할 수도 있잖아. 너든 마이클이든."

"난 엄마가 내 편인 줄 알았는데."

"네 편 맞아." 엄마가 내게 말했다.

내년이면 더 이상 같이 지낼 수 없다는 생각과 주말을 또다시 혼자 보내야 한다는 생각에 완전히 우울해 있는데 전화벨이 울렸다. 마이클이었다.

"나 집에 왔어." 마이클이 말했다.

"하지만 아직 금요일밖에 안 됐잖아."

"알아. 기차 타고 아침에 돌아왔어."

"왜, 스키 타는 거 재미없었어?"

"아니, 그건 엄청 재미있었어."

"그럼 왜 이렇게 빨리 돌아왔어?"

"그걸 정말 몰라서 묻는 거야?"

두 시간 뒤, 내가 현관문을 열자 마이클이 손을 잡으며 내 뺨에 얼굴을 비볐다.

"안녕." 나는 간신히 입을 뗐다.

우리는 8시에 상영하는 영화를 보러 갔다. 영화가 끝나고 차로 돌아오는 길에 마이클이 물었다. "내가 뭐 가져왔는지 알아맞혀 봐."

"왜, 성병이라도 옮아왔어?" 나는 그렇게 되물으며 장난스럽게 웃었다. 내 농담에 마이클도 당연히 넘어갈 거라고 기대했는데 결과는 그렇지 않았다.

"넌 왜 그렇게 바보 같은 소릴 하니?" 마이클의 목소리는 심각했다.

"몰라……. 별생각 없이 튀어나온 거야."

"결국 네 무의식 속에 그런 생각이 들어 있단 말이잖아."

"그렇지 않아! 네 말투 때문에 그랬어……. 네 말투가 꼭 그 광고 같았단 말이야. 왜 그…… 어떤 남자애가 여자애한테 전화를 하면 그 여자애가 또 다른 남자애한테 전화하고, 그럼 그 남자애는……."

"알아……. 나도 본 적 있어."

"네가 기분 나빠 할 줄 몰랐어."

"기분 나빠."

"미안해……."

"한 번 걸린 적 있어."

우리는 걸음을 멈추고 손을 놓았다. "성병에?"

"메인 주에서 어떤 여자애한테 옮았었어……. 같이 자 본 유일한 애였는데."

"아니, 그럼 지금까지 한 번밖에 안 해 봤단 말이야?"

"두 번…… 두 번 다 그 여자애랑."

"그게 다야?"

"그게 다야라니? 대체 어떻게 생각한 거야?"

"글쎄……. 그냥 막연하게 경험이 엄청 많을 거라고 생각했어."

"임질 때문에 한동안 확 질려 버렸지."

"상상이 간다." 내가 말했다. 우리는 다시 걷기 시작했지만 손은 잡지 않았다. "메인 주에서 만났다는 그 여자애한테는 말했니?"

"할 수가 없었어. 성도 몰랐거든. 우연히 바닷가에 놀러 갔다가 만난 애였어."

나는 놀란 나머지 아무 말도 할 수 없었다.

"지난여름 일이야, 캐스. 그러니까 걱정 안 해도 돼……. 이젠 다 나았어."

"누가 걱정한대?" 내가 쏘아붙였다. 하지만 "그럼 왜 그래?"라고 묻는 마이클의 말로 미루어 보아 내 얼굴에 근심이 가득한 게 틀림없었다.

"위험한 일은 하지를 말았어야지."

"말은 쉽지. 하긴, 너야 모든 경우의 수를 미리 다 따져 보니까. 안 그래?"

"적어도 난 노력은 해……."

우리는 차를 세워 둔 곳에 다다랐다. 마이클이 차 문을 열며 물었다. "너 지금까지 모험이라는 걸 해 본 적 있니? 한 번도 없지?"

"무슨 말이 하고 싶은 거야?" 내가 차에 올라타며 물었다.

"됐어, 아무것도 아니야……. 잊어버려." 마이클이 차에 타더니 주먹으로 운전대를 쾅 하고 내려쳤다. "에잇, 젠장!"

"왜 그래?" 내가 물었다.

마이클은 나를 뚫어져라 쳐다보기만 했다.

"무슨 일인지 말이라도 좀 해 주면 안 돼?"

"나도 모르겠어……." 마이클이 마침내 입을 열었다. "일주일 내내 너랑 같이 있기만을 기다렸어. 그런데 일이 점점 꼬이기만 하잖아. 머릿속이 너무 복잡해."

"그건 나도 마찬가지야." 내가 말했다.

"아, 젠장……." 마이클이 나를 끌어안았다. 한동안 그렇게 있자니 갑자기 울음이 터졌다. 평소에는 절대 울지 않는데, 특히 남들 앞에서는.

"울지 마, 캐스……."

"어, 안 울게."

"이제 다 괜찮아. 우리 처음부터 다시 시작해……. 응?"

나는 고개를 끄덕이며 휴지를 꺼내 코를 풀었다.

"자, 이제 내가 뭘 가져왔는지 진짜 한번 알아맞혀 봐." 마이클이 다시 물었다.

나는 이번만큼은 지체 없이 포기했다. "모르겠어. 뭔데?"

"우리 누나 아파트 열쇠."

"나한테 하려던 말이 겨우 그거였어?"

"응."

나는 웃음을 터뜨리고 말았다. 어쩔 수가 없었다. 생각하면 할수록 어이가 없어 웃음소리만 점점 더 커졌다. 곧이어 마이클도 따

라 웃기 시작했다. 이윽고 마이클이 내 손을 잡으며 물었다. "어
때……. 같이 갈래?"

"글쎄. 잘 모르겠어."

"그냥 아무것도 안 하고, 얘기만 해도 돼."

12

샤런과 아이크는 스프링필드에 있는, 마당을 갖춘 저층 아파트
에 살고 있었다. 그곳 현관문은 모두 초록색이었다. "도둑으로 오
해받지 말아야 할 텐데." 마이클이 문에 열쇠를 꽂는 것을 지켜보
며 내가 걱정을 했다. "저기 어떤 할머니가 우릴 지켜보고 있어."
나는 창문을 가리켰다.

"걱정 마." 마이클이 현관문을 열어젖히며 말했다. "저 아래층에
사는 코닉 할머니야. 저분은 늘 저렇게 창가에 계셔." 마이클이 손
을 흔들자 할머니는 얼른 블라인드를 내렸다. "들어가자. 누나네
집은 위층이야."

계단은 거실로 이어져 있었다. "와우, 멋지다." 내가 주위를 둘

러보며 말했다. 가구가 별로 없는 대신 바닥에는 굉장히 고급스러워 보이는 페르시아 양탄자가 깔려 있었고, 벽에는 자전거를 타는 침팬지 포스터 세 장이 나란히 걸려 있었다. 나는 화분 쪽으로 걸어가 잎을 살짝 걷어 올렸다. "이거, 물을 너무 많이 줘서 이래. 그래서 이파리 끝이 이렇게 갈색으로 변한 거야."

"누나한테 전해 줄게."

"싫어, 전하지 마. 그럼 내가 여기 왔던 거 언니가 알게 되잖아."

"그게 뭐 어때서?"

"그냥, 언니가 아는 거 싫어……. 알았지?"

"이해는 못 하겠지만 알았어, 그렇게 할게. 뭐 좀 먹을래?"

"응." 우리는 부엌으로 갔다. 부엌은 작고, 좁고, 창문이 없었다. 마이클이 냉장고 문을 열며 물었다. "사과나 자몽 괜찮니? 이거밖에 없다."

"사과로 할게."

마이클이 셔츠 자락에 사과를 쓱쓱 문질러 닦더니 휙 던져 주었다. "집 보여 줄게."

거실과 부엌은 이미 봤기 때문에 우리는 욕실 구경부터 시작했다. "자, 실내 배관 시설에 주목해 주세요." 마이클이 화장실 물을 내려 보이며 장난을 쳤다.

"오, 아주 흥미롭군요." 나도 장단을 맞췄다.

"찬물과 더운물도 나오고요." 마이클이 수도꼭지 두 개를 모두 틀어 보였다.

"와, 정말 호화스럽네요."

"진짜 욕조도 구비되어 있습니다." 마이클은 그렇게 말하며 욕
조 안으로 들어가 앉았고, 나는 욕조 커튼으로 마이클을 가려 버렸
다. 그러고는 다 먹고 남은 사과심을 휴지에 싸서 가방에 집어넣었
다. 마이클이 욕조에서 뛰어나오더니 내 손을 잡으며 외쳤다. "그
럼, 계속 보실까요?"

이제 남은 방이 딱 하나뿐이라는 사실을 우리 둘 다 알고 있었
다. "자……." 마이클이 허리를 굽히며 말했다. "침실을 소개합니
다."

황동 침대 위에는 퀼트 누비이불이 덮여 있었고, 머리맡에는
'러브(LOVE)'라고 적힌 포스터가 붙어 있었다. 침대 양옆에 세워
둔 작은 서랍장에는 책들이 잔뜩 쌓여 있었다.

마이클은 침대에 앉아 매트리스를 엉덩이로 굴렀고, 나는 방문
옆에 서서 그 모습을 지켜보았다. "매트리스 좋다." 마이클이 말했
다. "편하고 단단하고. 너도 혹시 관심 있으면 와 봐."

"뭐? 엉덩이 구르는 거?"

"아니, 뭐…… 뭐든." 마이클이 천장을 보며 침대에 드러누웠다.
"캐스……."

"응?"

"이리 와."

"우리 그냥 얘기만 하기로 하지 않았어?"

"얘기만 할 거야. 하지만 네가 너무 멀리 있잖아……. 소리 지르면 목 아프단 말이야."

"소리 안 질러도 잘 들려."

"농담 그만하고. 자, 어서 이리 와."

나는 침대로 가 가장자리에 걸터앉았다. "궁금한 게 하나 있어……."

"뭔데?"

"너, 여기 다른 여자애들 데리고 온 적 있니?"

"네 질투기가 또 슬슬 고개를 드는 것 같은데?"

"그래, 인정해……. 하지만 그래도 알고 싶어."

"그런 적 없어. 정말이야." 마이클이 말했다.

"그럼 됐어."

"지금까지는 열쇠가 없었으니까."

"아우, 하여튼!" 나는 소리를 지르며 베개를 집어 마이클을 때렸다.

"어어, 얘가, 얘가……." 마이클이 베개를 확 낚아채더니 내가 움직이지 못하게 팔을 꼭 잡고 침대에 드러눕혔다. 그러고는 입을 맞추기 시작했다.

"나 좀 놔줘, 마이클……. 제발."

"안 돼……. 넌 너무 위험해."

"착하게 굴게. 약속."

마이클이 팔을 놔주자 이번에는 내가 마이클을 덮쳤다. 우리는 또다시 입을 맞췄다.

"넌 정말 예뻐." 마이클이 나를 내려다보며 말했다.

"그런 말 좀 하지 마⋯⋯."

"왜? 쑥스러워?"

"응."

"좋아, 그렇담⋯⋯ 넌 진짜 못생겼어! 너무 못생겨서 구역질이 날 것 같아." 마이클이 침대 밖으로 몸을 내밀더니 웩웩하고 토하는 흉내를 냈다.

"아우⋯⋯ 마이클, 너 정말 미쳤어. 이제 그만해. 못 참겠단 말이야!"

"알았어."

우리는 나란히 누워 입을 맞췄다. 그러나 얼마 안 가 마이클은 내 스웨터의 단추를 끄르기 시작했고, 나는 일어나 앉아 브래지어를 끌렀다. 내가 스웨터와 브래지어를 벗는 동안 마이클도 자기 스웨터를 머리 위로 벗어 버렸다. 마이클이 나를 끌어안았다. "넌 정말 너무 부드러워." 마이클이 내 온몸에 키스를 퍼부으며 속삭였다. "느낌이 얼마나 좋은지 몰라. 꼭 우리 타샤 같아."

나는 웃음을 터뜨렸다.

"왜 그래?" 마이클이 물었다.

"아무것도 아니야……."

"사랑해, 캐스."

"나도. 넌 비록 참외 배꼽이긴 하지만 말이야."

"참외 배꼽? 그게 뭔데?"

"밖으로 툭 튀어나온 배꼽." 내가 손가락으로 마이클의 배꼽을 가리키며 대답했다.

"튀어나온 거, 그거 말고도 하나 더 있어."

"마이클……. 우린 지금 배꼽 얘기 하는 중이야."

"우리가 아니라 너만."

"그래, 넌 참외 배꼽이고 난 아니란 얘기를 하는 중이지. 내 배꼽, 안으로 쏙 들어간 거 보이니?"

"응……." 마이클이 대답하며 내 배꼽에 입을 맞췄다.

"배꼽도 무슨 맛이 있어?" 내가 물었다.

"응. 아주 맛있어……. 네 몸은 어디든 다 맛있어." 마이클이 내 바지 단추를 끄르더니 자기 바지도 끌렀다.

"마이클…… 나 아직 모르겠어……. 그러니까 제발……."

"쉿……. 아무 말도 하지 마."

"하지만……."

"그냥 다른 날처럼만, 캐스. 그게 다야……."

우리는 둘 다 팬티는 벗지 않았다. 그러나 얼마 안 가 마이클이 내 팬티를 끌어 내렸다. 마이클의 손가락이 나를 탐색하기 시작했

다. 내 손은 마이클의 배를 거쳐 다리로, 그리고 마침내 랄프에게
로 가 닿았다.

"아…… 아……." 마이클이 나를 절정으로 이끄는 순간 나는 신
음을 토했고, 곧이어 마이클 역시 사정을 했다.

우리는 퀼트 이불을 덮은 채 휴식을 취했다. 마이클은 잠이 들
었고, 나는 잠든 마이클을 바라보며 생각에 잠겼다. 누군가에 대해
많이 알면 알수록 그 사람을 점점 더 깊이 사랑하게 되는 것 같았
다. 한 쌍의 남녀가 서로에 대해 모든 것을 완벽하게 다 아는 순간
이 과연 찾아올까? 나는 몸을 앞으로 숙여 마이클의 머리에 가만
히 손을 갖다 댔다. 마이클은 움직이지 않았다.

다음 날 저녁, 마이클은 7시 반에 나를 데리러 왔다. 우리는 곧
장 섀런의 아파트로 향했다. 나는 우리가 그러리라는 사실을 짐
작하고 있었다. 마이클도 나도 단둘이 있고 싶어 안달이 났으니
까. 우리는 서로의 품에 안긴 채 벌거숭이가 되었고, 나는 그 순간
모든 것을 원했다. 마이클을 내 안에서 느끼고 싶었다. 마이클은
내 마음을 알아차리기라도 한 듯 "캐스, 제발……. 오늘은 그냥 하
자……."라고 내 귀에 속삭였다. 나는 "좋아, 마이클……. 좋은데,
여기서는 안 돼……. 침대 말고."라고 대답했다.

"괜찮아……. 그냥 여기서 해……." 마이클이 내 위로 올라오며
말했다.

"안 돼……. 피가 날 거야."

마이클이 다시 매트리스로 내려가며 말했다. "아, 그렇지. 깜빡했어. 가서 뭐 좀 가져올게."

잠시 뒤 마이클은 해변용 수건을 가지고 돌아왔다. "나, 이 밑에 있어." 어둠 속에서 마이클이 나를 못 찾을까 봐 내가 있는 곳을 알려 주었다.

"바닥에서?" 마이클이 물었다.

"응."

"바닥은 너무 딱딱할 텐데."

"난 괜찮아. 여기서 하면 얼룩 걱정 하지 않아도 되잖아."

"바보 같은 짓이야."

"마이클……. 그냥 그 수건 이리 내. 이거 좋은 수건 아니어야 할 텐데."

마이클이 내 옆에 누웠다. "바닥이 너무 차다."

"알아……."

마이클이 다시 벌떡 일어나더니 침대에서 이불을 끌어 내렸다. 우리는 그 밑으로 기어 들어갔다. "이러니까 좀 나은데." 마이클이 날 끌어안으며 말했다.

"저기……." 내가 입을 열었다. "잘 알고 있겠지만 나 너무너무 겁나."

"나도 마찬가지야."

"넌 경험 있잖아."

"사랑하는 사람이랑은 나도 처음이야."

"고마워." 나는 마이클의 볼에 입을 맞췄다.

마이클이 다시 내 몸을 어루만지기 시작했지만 이번에는 아무 느낌도 없었다. 너무 긴장한 탓인 것 같았다. "마이클…… 그거 있지?" 내가 물었다.

"그건 왜?" 마이클이 내 목을 살살 깨물며 되물었다.

"알잖아……."

"생리 막 끝나지 않았어?"

"그래, 지난주에……. 하지만 위험한 거 싫어."

"성병 때문이라면 걱정 마. 나 정말 다 나았어."

"임신할까 봐 그러는 거야. 여자들은 주기가 다 다르단 말이야."

"알았어…… 알았어……." 마이클이 일어났다. "지갑에 하나 있을 거야. 지갑이 어디 있느냐가 문제지만." 마이클이 바지를 찾기 시작했다. 침대 옆 바닥에 널브러져 있는 바지를 찾아내자 이번에는 콘돔을 찾기 위해 불을 켜야 했다. 마침내 마이클이 콘돔을 치켜들며 물었다. "이제 만족해?" 불이 다시 꺼졌다.

"네가 그걸 껴야 만족할 것 같아."

마이클이 내 옆에 무릎을 꿇고 앉더니 콘돔을 끼웠다. "뭐 또 바라는 거 있어?"

"장난치지 마……."

"장난 안 쳐……. 안 칠게." 마이클은 그렇게 말했고, 우리는 다시 입을 맞추기 시작했다. 이윽고 마이클이 내 위로 올라왔고, 나는 단단해진 랄프가 허벅지에 와 닿는 것을 느꼈다. 내가 막 '아, 이제 정말 하는구나…….' 하고 생각하는 찰나 마이클의 신음 소리가 들려왔다. "아, 안 돼……. 이런 젠장. 미안…… 정말 미안해……."

"뭐야? 왜 그래?"

"벌써 해 버렸어……. 어떻게 된 건지 나도 잘 모르겠어. 들어가기도 전에 나와 버리다니. 나 때문에 망쳤어……. 내가 다 망쳐 버렸어."

"괜찮아." 내가 말했다. "정말 괜찮아……."

"아니야, 괜찮지 않아."

"정말 괜찮다니까."

"넌 괜찮을지 모르지……."

"어쩌면 말을 너무 많이 해서 그런지도 몰라. 말을 그렇게 많이 하지 말았어야 했는데."

"다음번엔 잘해 볼게." 마이클이 말했다. "약속해……. 랄프가 날 두 번씩이나 배반하지는 않을 거야."

"그래." 나는 마이클의 손에다 입을 맞췄다.

"잠깐 자자. 그러고 나서 한 번 더 해 보게."

"난 안 피곤한데? 대신 뭘 좀 먹었으면 좋겠어. 살짝 배고파."

"어떡하지? 먹을 게 하나도 없는데."

"나가면 되잖아."

"옷 입고 나가자고?"

"응!"

"그래, 뭐, 안 될 것도 없지."

우리는 스탠리즈에 가서 햄버거를 먹었다. 그리고 아파트로 돌아오는 길에 콘돔을 사러 편의점에 들렀다. 나는 차에서 기다렸다.

"거실에서 해 보자." 집에 돌아온 마이클이 말했다.

"싫어……. 양탄자가 너무 고급스럽잖아."

"바보. 양탄자는 색이 현란해서 얼룩이 좀 져도 안 보일 거야. 나무 바닥처럼 딱딱하지도 않고."

"글쎄……." 나는 양탄자를 내려다보며 머뭇거렸다.

"수건도 두 겹으로 깔게." 마이클이 수건을 폈다. "자, 이제 아무 일 없을 거야."

이번에는 긴장을 풀고 아무 생각도 하지 않으려고 노력했다. 내 몸이 느끼는 느낌에만 집중하기로. 드디어 내 안으로 밀고 들어오려는 랄프가 느껴졌다. "들어온 거야……? 우리 지금 하고 있는 거야?" 내가 속삭였다.

"아직." 마이클이 좀 더 세차게 밀어붙이며 말했다. "네가 아플까 봐……."

"걱정 말고…… 그냥 해!"

"하고는 있는데…… 너무 좁아."

"내가 어떻게 해야 해?"

"다리를 조금 더 벌리고…… 살짝만 들어 볼래?"

"이렇게?"

"그래……. 훨씬 낫다."

내 안으로 반쯤 밀고 들어오는 랄프가 느껴지는 순간 마이클의 속삭임이 들렸다. "캐스……."

"왜?"

"나 또 나와 버릴 것 같아."

강한 일격과 함께 날카로운 아픔이 느껴졌다. 너무 아파 숨이 막혔다. "아…… 아…….." 마이클이 소리를 질렀다. 그러나 나는 절정을 느끼지 못했다. 아니, 그 근처에도 가지 못했다. "미안해. 더 이상 참을 수가 없었어." 마이클이 움직임을 멈추며 물었다. "넌 하나도 안 좋았지?"

"여자들은 첫 경험 때 다들 별로라고 하잖아. 괜찮아, 실망하지 않았어." 말은 그렇게 했지만 사실은 실망스러웠다. 완벽하길 바랐는데.

"콘돔 때문인지도 몰라." 마이클이 말했다. "좀 더 비싼 걸 샀어야 했는데." 마이클은 내 뺨에 입을 맞춘 뒤 손을 잡았다. "사랑해, 캐스. 너한테도 멋지길 바랐는데."

"알아."

"연습하면 다음번엔 잘될 거야…… 피 나왔니?"

"잘 모르겠어. 느낌이 없어." 나는 수건을 허리에 감고 욕실로 갔다. 휴지에 피가 몇 방울 묻어났다. 하지만 내가 생각했던 만큼은 아니었다.

집에 가는 길에 이제 나는 더 이상 처녀가 아니란 생각이 들었다. 다시는 첫 경험의 통과 의례를 치를 필요가 없다. 기뻤다. 끝내 버렸다는 사실이 그렇게 기쁠 수가 없었다! 하지만 실망스러운 기분은 지워지지 않았다. 다들 그걸 가지고 얼마나 호들갑을 떨어 대는데. 하지만 마이클이 옳은지도 몰랐다. 정말로 연습이 필요할 수도 있다. 첫 경험을 사랑하지 않는 사람과 나눴더라면 어땠을까? 나로서는 상상조차 할 수 없는 일이다.

13

　다음 날, 우리는 부엌 식탁 앞에 둘러앉아 일요일 브런치를 먹고 있었다. 나는 엄마와 아빠가 나를 보자마자 변화를 눈치챌 거라고 생각했다. 그러나 시간이 꽤 흘렀는데도 나를 대하는 두 분의 태도에는 변화가 없었다. 내 경험은 겉으로 드러나 보이는 게 아닌 듯했다.

　나는 베이글에 크림치즈를 바른 뒤 훈제 연어를 조금 올렸다. 아빠와 제이미는 베이글 위에 아예 탑을 쌓고 있었지만 나는 그런 식으로 먹지 못했다. 그건 엄마도 마찬가지였다. 엄마는 베이글에 뭘 얹든 꾹꾹 눌러 빵에 발라 먹는 스프레드처럼 만들어 버렸다.

　전화가 울리자 아빠가 나섰다. "내가 받을게." 아빠는 자리에 앉은 채 벽걸이 전화 쪽으로 손을 뻗었다. "여보세요? ……누구시죠? ……아, 잠깐만요." 아빠가 한 손으로 수화기를 가리더니 나직이 속삭였다. "캐스한테 온 전화야."

"누군데요?"

"토미 애론슨."

내가 소리를 죽인 채 입 모양만으로 '토미 애론슨?' 하고 되묻자 아빠가 고개를 끄덕였다. "위층에서 받을게요." 내가 말했다. 나는 안방으로 올라가 수화기를 들기 전에 목청부터 다듬었다. "여보세요……."

"캐서린?"

"응?"

"나야, 톰 애론슨. 기억하니?"

"어, 기억해."

"주말이라 집에 왔어."

"주말 거의 다 끝났잖아."

"내일 아침까지는 여기 있을 거야."

"그래? 그럼 내일 잘 돌아가."

"너 하나도 안 변했구나."

"그러는 넌?"

"오늘 밤에 만나서 직접 확인해 보지그래?"

"미안하지만 안 될 것 같아."

"에이, 그러지 말고……. 얌전히 굴게."

"그래서 그러는 게 아니고……."

"그럼 왜 그러는데?"

"남자 친구가 생겼어."

"혹시 나도 아는 애야?"

"아니."

"그래? 그럼…… 네 친구 전화번호 좀 가르쳐 줄래?"

"누구? 내 친구가 어디 한두 명이니?"

"왜 그, 키 작고…… 걔 있잖아……."

"에리카?"

"그래, 걔."

"걔, 성이 스몰이니까 궁금하면 전화번호부에서 직접 찾아봐."

나는 토미 애론슨이 더 뭐라고 하기 전에 전화를 확 끊어 버렸다. 뻔뻔하기도 하지. 하필이면 오늘 같은 날 내 인생에 다시 끼어들다니! 게다가 날 질투하게 만들 속셈으로 에리카의 번호를 물어? 누가 관심이나 있대?

나는 다시 부엌 식탁 앞으로 돌아왔다. 양 볼이 시뻘겋게 달아올라 있었다. "토미 애론슨이었어요." 내가 말했다.

"알아." 엄마가 말했다.

"왜 전화했대?" 제이미가 물었다.

"오늘 밤에 데이트하자고."

"할 거야?"

"미쳤니? 그런 애랑은 절대 안 해!"

"옛날엔 좋아했잖아." 제이미가 말했다.

"그거야 먼 옛날 얘기지…… 상황이 변했단 말이야."

"그럼 이제 언니 남자 친구는 마이클 오빠밖에 없어?"

"지금은." 내가 뭐라고 하기도 전에 엄마가 선수를 쳤다. 그러고는 미소를 지으며 내게 베이글 반쪽을 내밀었다.

나는 고개를 저었다. 전화벨이 또 울렸다. "앤 싫다는 말을 받아들이질 못한다니까." 나는 버럭 화를 내며 수화기를 들었다. "여보세요." 내 목소리에는 짜증이 잔뜩 배어 있었다.

"캐스니?" 마이클이었다.

"어, 어…… 안녕."

"무슨 일 있니?"

"아니, 아무 일 없어……. 누구 다른 사람인 줄 알았어……. 잠깐만. 위층에 올라가서 받을게."

"잘 잤어?" 내가 위층에서 다시 전화를 받자 마이클이 물었다.

"응. 넌?"

"나도. 밤새 네 생각만 했어. 그 얘기 하려고 전화한 거야."

"나도 그랬어. 아니, 난 물론 네 생각을 했지."

"그리고 아주 특별한 경험이었단 말도 하고 싶었고."

"나도 그래……."

그날 밤 엄마가 내 방으로 들어왔다. "오늘 『타임스』에 이런 기사가 실렸더라. 오려 왔는데 한번 볼래?" 엄마가 내게 신문 조각을 건네며 물었다. "중요한 점들을 지적하고 있는 것 같아. 너도 관심 있을 것 같은데."

나는 침대에 편히 자리를 잡은 뒤 독서 등을 조절하고 기사를 읽기 시작했다. 엄마는 역시 알아차렸던 걸까? 기사 제목은 '싫다고 말할 수 있는 권리'였고, '성의 해방'이라는 부제가 붙어 있었다. 예일대 부속 병원의 병원장이 쓴 글이었는데, 그는 청소년들과—흠, 나도 아직 청소년일까?—성에 관한 이야기를 나눌 때마다 늘 네 가지 질문을 던진다고 했다.

1. 육체관계는 남녀 관계에 반드시 필요한가?
2. 육체관계에서 무엇을 기대할 수 있을까?
3. 도움이 필요할 경우 어디에 연락해야 할까?
4. 지금 맺고 있는 관계가 어떻게 끝날지 생각해 본 적이 있는가?

기사에는 각각의 질문에 대한 병원장의 설명이 이어졌다. 그는 두 번째 질문에 대해 "즐거운 성관계란 오르가슴에 이르는 것을 궁극적 목표로 삼는데, 이는 결코 쉬운 일이 아니다. 이를 위해서는 상호 간의 훈련이 필요하며, 시간과 노력 그리고 인내심이 필요하다."라고 적고 있었다.

이 대목을 읽고 나니 어젯밤 일이 한결 홀가분하게 느껴졌다. 예전에는 책만 많이 읽으면 모든 걸 자동적으로 알게 된다고 생각했는데, 그게 너무 우스웠다. 이론과 실제는 전혀 달랐다.

세 번째 질문에는 별 관심이 없었기 때문에 나는 곧장 네 번째 질문으로 넘어갔다. 사실 네 번째 질문에 나는 화가 났다. 마이클과는 이제 막 시작했는데 왜 벌써 이별을 생각해야 하지? 게다가 병원장의 말투는 더더욱 마음에 안 들었다. "우리가 그것을 이혼이라 부르건, 풋사랑 혹은 사춘기의 변덕이라고 부르건 간에 거절은 거절이다." 아무튼, 남녀 관계가 반드시 이별로 끝나게 되어 있다고 대체 누가 그런대?

"어떻게 생각해?" 다음 날 엄마가 아침을 먹으며 물었다.

"뭐?"

"신문 기사 말이야."

"아, 그거…… 괜찮았어."

"같은 생각이니?"

"어떤 건. 섹스를 강요당하는 느낌을 가져서는 안 된다든지, 상대의 마음에 들기 위해 섹스를 해서는 안 된다든지 뭐 그런 거."

"네가 그렇게 생각한다니 반갑구나." 엄마가 말했다.

"엄마, 난 지금 내 얘기가 아니라 그냥 원론적인 얘기를 하는 거야."

"엄마도 알아."

"너, 어제 우리 집에 누가 전화했는지 아니? 아마 말해 줘도 못 믿을걸." 에리카가 물었다. 우리는 2교시 영어 수업이 시작되기를 기다리고 있었다. 프레이지어 선생님은 아직 들어오지 않았다.

"토미 애론슨?" 내가 되물었다.

"뭐야? 너희 집에 먼저 전화했던 거야?"

에리카는 놀라는 모습이 역력했다. 기분도 좀 상한 것 같았다.

"아니, 그냥……. 너희 집 전화번호 때문에." 내가 말했다.

"후우, 난 또……. 깜짝 놀랐네."

"데이트하러 나갔었니?"

"아니. 나간 건 아니고, 걔가 잠깐 우리 집에 왔었어." 내 표정에서 무슨 낌새가 보였는지 에리카가 얼른 한마디를 덧붙였다. "네가 이상한 생각 할까 봐 말인데, 우리 안 잤어."

"이상한 생각 안 해……. 그리고 어차피 네 일인데 뭐."

"걔가 시도를 하지 않았단 말은 아니야." 에리카가 말했다. "나도 호기심이 전혀 없었던 건 아니고……. 걔, 몸매도 아주 섹시하더라."

"근데 왜 안 잤어?"

"너무 바보 같아서……. 걘 도대체 어떻게 된 애가 머릿속에 생각이라고는 없더라? 아티랑은 정말 비교가 안 돼. 뭐, 줄기차게 꼿

꽂이 서 있기는 하더라만."

우리가 깔깔거리고 있는데 프레이지어 선생님이 머리를 쓸어 넘기며 교실로 들어왔다. 늘 그렇듯 남대문은 반쯤 열려 있었다.

내가 더 이상 처녀가 아니라는 걸 에리카가 눈치채지 못하는 것이 의외였다. 자기는 한눈에 알 수 있다고 늘 큰소리쳐 놓고는. 에리카가 알았더라면 꼬치꼬치 캐물었을 게 틀림없다. 그러니 어떻게 보면 토미 애론슨에게 고마워할 일이었다. 에리카의 생각이 토미에게 쏠려 있지 않았다면 나는 에리카에게 콩 볶이듯 달달 볶였을 게 분명하다. 내가 과연 사실대로 말할 수 있었을까? 알 수 없다.

학교생활에 대해서는 하고 싶은 이야기가 두 가지 있다. 특별 활동과 역사 시간을 빼면 졸업 학년은 따분하기 그지없다는 것이 첫째고, 둘째는 다들 졸업할 날만 기다리며 시간을 죽이고 있다는 것이다. 이건 선생님들도 다 안다.

내가 지금까지 언급하지 않은 다른 친구들은 졸업 후에 만날 일이 없을 게 뻔했다. 몇 년 전까지만 해도 인생에서 가장 중요했던 친구들인데, 그런 친구들과 점점 멀어질 수 있다는 사실이 참 우스웠다. 우리는 항상 우르르 몰려다녔다. 모두 여덟 명이었는데 뭘 하든 늘 같이했다. 물론 지금도 점심은 한곳에 모여 함께 먹는다. 하지만 옛날에 그랬던 것처럼 밤마다 전화 통화를 하지는 않는다. 내 은밀한 생각은 절대 털어놓지 않는다. 그 가운데 중요한 친구는 이제 에리카뿐이다.

예전에 나와 가장 친했던 친구는 제니스 포스터였다. 제니스는 9학년 때부터 마크 피오레와 사귀기 시작했다. 마크는 지금 럿거스 대학 1학년에 다니고 있다. 따라서 제니스는 당연히 럿거스 대학에 있는 더글러스 칼리지에 갈 계획이었다. 제니스와 마크는 인생 설계를 벌써 완벽하게 마친 상태였다. 언제 결혼할 건지, 첫째와 둘째 아기는 각각 언제 낳을 건지, 심지어는 아이들 이름까지도 벌써 다 정해 둔 상태였다. 일요일이면 이따금씩 집을 보러 다녔고, 그러고 난 다음 날 점심시간이면 제니스는 칠 년 뒤 어디에서 살고 싶은지 우리에게 구구절절 늘어놓았다. 두 사람은 정말이지 인생을 너무나 따분한 것으로 만들고 있었다.

최근 들어 제니스와 마크를 피하기란 여간 어렵지 않았다. 내가 마이클과 사귄다는 것을 알게 된 제니스는 마이클을 소개해 달라며 성화를 부렸다. 얼마 전 현대 무용 시간에는 내 뒤를 졸졸 쫓아다니며 넷이서 만날 계획을 세워 댔다. 나는 변명이 점점 더 궁색해져 가는 중이었다. 글쎄, 내가 좀 이기적인 건지는 모르겠지만 나는 마이클과의 밤을 그 두 사람 때문에 낭비하고 싶지는 않았다. 그걸 눈치 못 채다니, 제니스는 정말 둔한 것 같다.

그날 저녁, 식사를 막 끝냈는데 마이클에게 전화가 왔다. "잠깐 가도 될까? 아주 잠깐만 있을게."

"나 지금 서머셋 몸(『달과 6펜스』, 『인간의 굴레에서』 등을 쓴 영국의 소설가—옮긴이)에 대한 리포트 써야 하는데." 내가 말했다.

"한 시간만 있을게. 너무 보고 싶어서 그래, 캐스."

"나도 보고 싶어." 내가 속삭였다.

"그럼 좀 이따 봐."

"좋아."

나는 전화를 끊자마자 위층으로 뛰어올라가 샤워하고 머리를 감았다. 내 머리는 최소한 이틀에 한 번씩 감아 주지 않으면 떡이 지고 정말 끔찍했다. 나는 샤워를 마친 뒤 깨끗한 바지와 스웻셔츠로 갈아입었다.

"나도 책 가져왔어." 가벼운 입맞춤이 끝나자 마이클이 그렇게 말했다.

"잘했어. 나 이거 금요일까지 못 쓰면 낙제하거든. 우리 식탁 가서 하자."

우리가 막 책을 펼쳐 놓는데 제이미가 부엌으로 들어왔다. "프레첼 먹고 싶어서." 제이미가 말했다.

"아예 상자째 가지고 얼른 나가 줘." 내가 말했다.

"알았어, 알았다고……."

하지만 몇 분도 채 지나지 않아 제이미가 또 들어왔다. "프레첼 먹으니까 목말라. 주스 좀 마셔야겠어."

"제이미……."

"알았어. 나도 눈치 있어."

"네가 여기 있는 게 싫어서 그러는 게 아니고 그냥 우리가 지금 공부할 게 좀 많아서 그래." 마이클이 제이미에게 말했다.

"어련하시겠어요?"

10시가 되자 마이클은 책을 싸서 차로 갔다. "잠깐 앉아 있다 들어가." 마이클이 말했다.

우리는 서로 꼭 껴안고 입을 맞췄다. "금요일까지 어떻게 기다려야 할지 모르겠어. 다른 생각은 할 수가 없어." 마이클이 말했다.

"나도 마찬가지야."

우리는 또다시 입을 맞췄다.

엄마가 말한 대로 한번 선을 넘으면 그냥 손을 잡는 정도의 관계로는 돌아갈 수가 없었다. 그건 나도 원하지 않았다.

"금요일에 수업 없는 거 알지?" 에리카가 물었다. 우리는 탈의실에서 체육복을 갈아입고 있었다.

"응, 알아. 무슨 교사 회의 한댔지?"

"로버트 레드포드 새 영화 시사회 한다는데, 혹시 보러 갈 마음 있어?"

"농담해? 당연하지! 그걸 지금 질문이라고 하는 거야?"

"그럼 8시 45분 기차 타고 가자."

"좋아, 역에서 만나."

"아니, 그럴 필요 없이 우리가 데리러 갈게. 8시 반, 괜찮아?"

"좋아. 엄마한테 초대해 주셔서 감사하다고 전해 드려."

집에 와 보니 할머니가 내게 보낸 작은 소포가 도착해 있었다. 생일이 아직 이 주나 남았는데 벌써 선물을 보내셨나 의아해하면서 소포를 뜯었다. 하지만 내용물을 보는 순간 내 착각이었음이 밝혀졌다. 나는 먼저 그 안에 든 쪽지부터 읽었다.

캐스 보거라.

네가 마이클이랑 정식으로 사귄다는 얘기 들었다. 그래서 유용하겠다 싶은 자료들 몇 개 보낸다. 전에도 말했지만 대화 상대가 필요하면 언제든 연락해. 할머닌 판단하지 않고 조언만 해 줄 거야. 사랑한다.

할머니가.

나는 피임, 낙태, 성병 등 가족계획협회에서 발행한 각종 팸플릿들을 꺼내 들었다.

처음에는 어이없고 화가 났다. 할머니가 이번에도 또 너무 성급하게 단정 지었다는 생각이 들었다. 하지만 자리에 앉아 팸플릿을 읽어 나가는 동안 할머니가 유용한 정보들을 보내 주셨다는 걸 깨달았다. 혹시 엄마가 할머니한테 시킨 걸까?

나는 수화기를 들고 할머니의 사무실로 전화를 걸었다.

"그로스, 그로스 앤 그로스 법률 사무소입니다. 무엇을 도와 드릴까요?"

"핼리 그로스 씨 좀 바꿔 주세요." 내가 말했다.

"실례지만 누구세요?"

"캐서린 댄지거라고 하는데요."

"네, 잠깐만요."

"캐스니?" 할머니의 목소리가 들렸다.

"네, 할머니, 저예요. 할머니가 보내 주신 거 잘 받았어요."

"빨리도 갔구나. 어제 보냈는데."

"학교 갔다 오니까 와 있던데요?"

"그거 받고 화나거나 그런 거 아니지?"

"저요? 아니요, 제가 왜 화가 나요?"

"그래, 그래야지. 하지만 너 가끔 성급하게 단정부터 지을 때도 있잖니."

"성급한 단정이요? 제가요?"

"그래, 너."

"아니에요, 할머니. 할머니가 이런 거 보내 주셔서 정말 좋아요. 내용도 아주 흥미롭고요. 물론 저한테 그렇다는 건 아니고 그냥 일반적으로 그렇다고요."

"네 생각이 그렇다니 다행이다. 그런데 뭐 하나만 부탁해도 되겠니? 엄마랑 아빠한텐 비밀로 좀 해 줄래?"

"왜요?"

"어떤 사실은 부모들이 받아들이기 어려운 법이거든……. 그러니까 이건 그냥 너랑 나, 두 사람의 비밀로 하자꾸나. 괜찮지?"

"그럼요, 당연하죠. 저 이번 금요일에 뉴욕에 갈 거예요. 할머니, 할아버지랑 점심 같이 먹을 수 있을지도 몰라요."

"아유, 그럼 우린 좋지." 할머니가 말했다. "베이즐스에 자리 예약해 두마. 12시 반 어떠니?"

"좋아요."

"그럼 금요일에 보자."

"네. 저 그럼 이만 끊을게요."

그날 밤 나는 일찍 잠자리에 들어 팸플릿을 모두 읽어 버렸다. 그러고 나자 아는 게 너무 많아져 학교에서 상담을 해 줘도 될 것 같은 생각이 들었다. 사실 같이 체육 수업을 받는 여자애들 중에는 성관계가 임신으로 이어질 수도 있다는 걸 아직도 모르는 애가 있었다. 그 애 생각을 하면 그리 나쁜 생각도 아니지 싶었다. 걔는 그것도 모르면서 벌써 관계를 가진 상태였다!

다음 날 아침, 나는 자율 학습 도중 교무실 근처에 있는 공중전화 부스로 가서 뉴욕 시 가족계획협회 사무실에 전화를 걸었다. 신호음이 세 번 울린 뒤 누군가 전화를 받았다. 부스 안이 덥지도 않았고 긴장한 것도 아닌데 갑자기 미친 듯이 땀이 나기 시작했다.

"여보세요. 무엇을 도와 드릴까요?"

"어, 저……." 나는 기침을 두어 번 했다. "피임에 관한 정보를 좀 얻고 싶은데요……. 그러니까 그거 어디서 구할 수 있는지 좀 알고 싶어서요."

"잠깐만 기다리세요."

곧 다른 사람의 음성이 들렸다. "여보세요? 예약 원하시는 건가요?"

"네."

"나이가 어떻게 되세요?"

"그게 중요한가요?"

"아니요. 저희는 부모의 동의는 요구하지 않으니까 상관없어요. 다만 혹시 십 대이시면 청소년만을 위한 특별 상담 시간이 있어서요."

"아……. 저 이 주 후면 열여덟 살이에요."

"그럼 이번 주 목요일 4시에 오세요."

"혹시 금요일은 안 될까요? 제가 뉴저지에 사는데 금요일에 어차피 뉴욕에 갈 일이 있거든요."

"잠깐만요." 찰칵하는 소리가 들렸다. 몇 초 뒤 상담원이 다시 전화를 받았다. "금요일 오후도 괜찮아요."

"아, 고맙습니다."

"이름이 어떻게 돼요?"

"캐서린 댄지거요."

"성 철자 좀 불러 줄래요?"

"D-a-n-z-i-g-e-r이에요."

"좋아요. 그럼 3시에 2번가 22번 거리에 있는 마거릿 생어 병원으로 오세요."

"고맙습니다. 그럼 금요일에 갈게요."

금요일 아침, 아빠가 뉴욕에 가는데 돈이 필요하지 않냐고 물었다.

"모아 둔 돈 좀 있어요." 내가 말했다.

"그럼 이건 차비 해." 아빠는 그렇게 말하며 5달러를 주었다.

"고마워요, 아빠."

"재밌게 놀고."

줄리엣 스몰 아줌마와 비공개 시사회에 가는 건 그냥 극장에 영화 보러 가는 것과는 차원이 달랐다. 아줌마가 나를 초대한 것은 이번이 벌써 세 번째였다. 나는 스몰 아줌마를 좋아했다. 아줌마는 그냥 평범한 사람처럼 행동해서 전혀 유명인 같아 보이지 않았다. 시사회에는 우리 말고도 스물다섯 명 정도가 더 와 있었다. 에리카가 대부분이 자기 엄마처럼 영화 평론가라고 귀띔해 주었다.

영화가 끝나자 스몰 아줌마가 어떤 것 같냐며 개인적인 느낌을 물었다.

"음······. 전 그냥 로버트 레드포드가 너무 좋아요."

"그거야 누구나 다 그렇지." 아줌마가 대꾸했다. "그거 말고 내용은 어땠니?"

"아, 내용이요? 재미있었어요······."

"그런데?"

"그런데 현실에서 저런 일이 정말 일어날 것 같지는 않아요."

"그래, 바로 그거야!" 아줌마가 맞장구를 쳤다. "그래도 저렇게 됐으면 했지, 안 그래? 왜 영화 보는 내내 꼭 저렇게 되길 바랐잖아."

"네, 맞아요." 내가 고개를 끄덕였다.

"그래. 그게 중요한 거야."

"완전히 히트 칠 것 같아." 에리카가 말했다.

"내 비평에도 불구하고 말이니?"

"누가 쓴 어떤 비평에도 불구하고."

"그래, 내 생각도 그래. 자, 그럼 일은 끝났고 이제부턴 너희들 원하는 거 하자. 어디부터 시작할까. 구겐하임, 휘트니 미술관······." 스몰 아줌마가 코트를 입으며 물었다.

"점심부터 먹는 게 어때?" 에리카가 제안했다.

"벌써 배고프니?"

"고픈 정도가 아니야."

"그럼 점심부터 먹자. 캐스도 같이 갈 거지?"

"죄송해요. 할머니, 할아버지랑 약속을 해 놨어요."

"아 참, 그랬지. 에리카한테 들었는데 깜빡했다. 두 분 다 잘 지내시지?"

"네. 잘 지내세요."

"그래. 그럼 할머니, 할아버지 뵈면 아줌마 안부도 좀 전해 줄래?"

"네, 그럴게요. 그리고 시사회 초대해 주셔서 정말 감사드려요. 너무너무 재미있었어요."

나는 밖으로 나와 택시를 잡아 탄 뒤 운전사에게 베이즐스의 주소를 댔다. 그곳은 할머니, 할아버지가 가장 좋아하는 식당이었다. 이스트사이드에 위치한 아주 작은 집이었는데, 저염식을 해야 하는 우리 할아버지 같은 단골손님이 가면 식당 주인인 베이즐 씨가 별식을 제공했다.

할머니와 할아버지는 두 분이 즐겨 앉으시는 뒤쪽 칸막이 자리에서 나를 기다리고 계셨다. 할아버지는 안색이 좀 창백했다. 나는 할아버지의 뺨에 입부터 맞춘 뒤 할머니를 껴안았다. 할머니는 챙이 커다란 노란색 펠트 모자를 쓰고 계셨다.

"와, 모자 멋진데요? 마음에 들어요." 내가 말했다.

"눈속임이야." 할머니가 말했다. "머리 감아야 하는데 못 감은 날 뒤집어쓰고 나오는 거지."

우리 테이블은 베이즐 씨가 직접 주문을 받았다. 내가 그날의 메뉴인 치킨 키예프가 정확히 어떤 음식이냐고 묻자 아저씨는 연필을 꺼내 식탁보에 그림까지 그려 가며 조리법을 자세하게 설명해 주었다. 그리고 나자 그걸 꼭 시켜야만 할 것 같은 기분이 들었다.

"어디……." 주문이 끝나자 할머니가 날 돌아보며 말문을 열었다. "이제 우리 손녀딸 얼굴 좀 보자꾸나." 할머니는 눈을 가늘게 뜨고 나를 찬찬히 뜯어보았다. 나는 고개를 꼿꼿이 세우고 있으려 노력했다. 마침내 할머니가 다시 말했다. "아주 반짝반짝 빛이 나는 게 좋아 보인다."

"아우, 할머니. 사람한테 무슨 빛이 난다고 그러세요. 말도 안 돼요."

"사람한테 무슨 빛이 나느냐니, 그런 말이 어디 있니? 사람한테도 당연히 빛이 나지. 쑥스러워할 것 없어, 딱 맞는 표현이니까." 할머니가 할아버지를 건너다보며 물었다. "여보, 당신 생각은 어때요? 얘한테서 빛이 나죠?"

"캐서린이야 내 눈에는 늘 빛나지." 할아버지가 천천히 대답했다.

"사랑 덕인가 보다." 할머니가 말했다.

나도 모르게 얼굴이 저절로 붉어지는 것이 느껴졌다.

할아버지가 물 잔을 들어 올리며 말했다. "사랑을 위해."

그러자 할머니도 잔을 들어 할아버지의 잔에 땡그랑하고 부딪쳤다. "사랑을 위해."

후식을 먹은 뒤 나는 할머니와 함께 화장실에 갔다. 원래는 3시에 마거릿 생어 병원에 예약해 뒀다는 얘기를 할 생각이었다. 할머니는 기뻐하실 게 분명했다. 하지만 결국에 가서는 말하지 않기로 마음을 바꿨다. 마이클 말고는 그 누구와도 나눌 의무가 없는, 나만의 경험으로 간직하고 싶었기 때문이다.

우리는 베이즐 씨에게 인사를 하고 식당을 나왔다. 아름다운 봄날처럼, 날이 아주 포근해져 있었다.

"휴우……." 할머니가 코트의 단추를 풀며 말했다. "난 지금 사무실로 돌아가서 한 시간쯤 앉아 있어야 할 것 같다. 할 일이 좀 남았거든."

나는 시간을 확인한 뒤 "그럼 전 이만 가 볼게요. 사고 싶은 게 너무 많아요."라고 말하면서 두 분의 볼에 입을 맞췄다. "점심 잘 먹었어요." 할아버지는 그날따라 나를 유난히 더 꼭 끌어안았다.

나는 할머니가 할아버지를 부축해 택시에 태워 드리는 모습을 지켜본 뒤 걷기 시작했다. 화창한 날에 뉴욕의 거리를 걷는 건 묘한 매력이 있었다. 나는 재킷을 벗어 팔에 걸었다. 뉴욕에서 그랬다간 자칫 골치 아파질 수 있다는 걸 뻔히 알면서도 거리에서 마주치는 모든 사람들에게 미소를 보내 주고 싶었다.

15

2시 45분에 병원에 도착해 접수원에게 이름을 말했다. 우리 상담 그룹은 젊은 커플 두 쌍을 포함해 모두 일곱 명이었다. 우리는 먼저 의사와 사회 복지사와 함께 일반적인 상담을 했다. 두 사람은 모든 피임 방법을 소개해 주었다. 궁금한 게 있으면 질문을 해도 좋았지만 나는 가만히 있었다.

다음 순서는 개인 상담으로 나와 사회 복지사 둘이서만 이야기 하는 시간이었다. 사회 복지사는 긴 머리를 뒤로 묶고, 렌즈에 살짝 색이 들어간 안경을 쓴 젊고 예쁜 언니였다. 이름은 린다 콜커였다. 나는 이 언니가 과연 성 경험이 있을지 조금 의아했지만, 있을 거 라고 결론 내렸다. 그렇지 않으면 이 일을 못 했을 테니 말이다.

우리는 날씨와 우리 가족에 대한 이야기부터 잠시 나눴다. 그러고 나서 사회 복지사 언니가 병원에 온 이유를 물었다.

"임신을 하지 않으려면 스스로 책임감 있게 행동해야 한다고 생각했어요. 그래서요." 하고 내가 대답했다.

언니가 고개를 끄덕이며 다른 질문을 던졌다. "사귀는 남자 친구가 있니?"

"네."

"남자 친구와 이 문제에 대해 얘기해 봤어?"

"아주 분명하게 해 본 적은 없어요."

"이 얘길 하면 남자 친구가 어떻게 나올 것 같니?"

"분명히 기뻐할 거예요. 피임에 찬성하거든요."

"근데 여기 오는 건 그냥 혼자서 결정한 거야?"

"네. 저 혼자서 결정했어요."

"좋아, 캐스. 그럼 이제부터 몇 가지만 물어볼게. 좀 개인적인 질문이기는 한데 네게 가장 적합한 피임법을 결정하기 위해서야."

"네, 괜찮아요."

"남자 친구랑 잔 적 있니?"

"네."

"피임 도구는 사용했니?"

"네."

"어떤 거?"

"콘돔이요."

"살정제랑 같이? 아니면 콘돔만?"

"콘돔만요."

"콘돔을 사용하는 게 불만족스러웠니?"

"음……. 거기에 대해선 뭐라고 말씀을 못 드리겠어요. 아직 한 번밖에 안 해 봤거든요."

"그렇구나."

이번에는 내가 고개를 끄덕였다.

"그럼 이제부턴 정기적으로 관계를 가질 생각이니?"

"네."

"얼마나 자주?"

"얼마나 자주요?" 내가 되물었다.

"그래. 관계를 얼마나 자주 가질 계획이야?"

"글쎄요……. 잘 모르겠어요."

"주말마다라든지, 방학 때마다라든지, 매일, 한 달에 한 번, 일 년에 몇 번. 이런 식으로 그냥 대충이라도?"

"주로 주말이 될 것 같아요."

"미리 알 수 있을 것 같니, 아니면 즉흥적으로 하게 될 것 같니?"

"미리 알 수 있을 것 같아요."

"좋아, 이 정도면 됐어. 이제 네 병력에 대한 걸 좀 물을게. 먼저 생리는 언제 시작했니?"

"열네 살 되기 직전에요."

"주기는 정확하니?"

"그럭저럭요……. 사 주나 오 주에 한 번씩 해요."

"생리는 며칠 동안 하니?"

"한 닷새 정도요."

"그 사이에 출혈은 없고?"

"네, 없어요."

"냉은?"

"가끔 나와요."

"색깔은?"

"그냥 투명해요."

"그럼 정상이야. 생리통은 심하니?"

"아니요. 첫날 허리가 좀 뻐근하기는 한데…… 별로 심하지는 않아요."

"엄마는 어떠시니? 건강하신 편이니?"

"네, 건강하세요."

"피임약 복용하시니?"

"아니요. 엄만 다이어프램(여성이 사용하는 피임 기구의 하나—옮긴이)을 쓰세요."

"제대로 사용하면 꽤 좋은 방법이지."

"전 그냥 피임약으로 하고 싶어요."

"그래……. 그게 미관상 좋기는 하지만 누구한테나 다 맞는 건 아니야." 내 표정이 불만스러워 보였던지 사회 복지사 언니가 곧장 한마디를 덧붙였다. "의사 선생님이 뭐라고 하시는지 보자. 결국 자기에게 가장 적당한 피임법을 찾기 위해서 여기 오는 거니까."

나는 다시 한 번 고개를 끄덕였다.

"자 이제 임질균 배양 검사를 해야 하는데, 네 동의서가 필요해." 사회 복지사 언니가 잠시 머뭇거렸다. "간단해. 아프지도 않고."

"하지만 제가 임질이 있을 이유가 없는데요?" 내가 말했다.

"가능성은 언제나 있어. 여자들은 말하기 어려워하기도 하고……."

"하지만 전 마이클밖에……."

"자자, 몇 초면 돼. 그리고 확실히 알고 나면 훨씬 안심되고."

"좋아요." 계속 따지느니 동의하는 편이 간단하겠다 싶어 나는 검사를 하겠다고 하고 동의서에 서명했다. 마이클과 마이클이 메인 주 바닷가에서 만난 여자애에 대해서는 생각하지 않으려고 애썼다.

"됐어." 사회 복지사 언니가 손을 내밀었고 나는 그 손을 잡고 악수를 했다. "그럼 이따가 신체검사 끝나면 보자."

"네. 고맙습니다."

신체검사는 체중 검사, 혈압 검사 그리고 유방암 정례 검사 순으로 이어졌다. 의사가 유방암 진단은 매달 해야 한다며 자가 진단 법을 설명해 주었다. 그러고 나서 내 인생 최초의 골반 검사가 실시되었다. 나는 익숙한 척하려고 했지만 의사를 속일 수는 없었다. "자자, 캐서린, 긴장 풀고. 아프지 않아." 의사 말대로 아프지는 않았다. 하지만 의사가 한 손으로는 안쪽을, 다른 손으로는 바깥쪽을 꾹 누르자 잠시 불편함이 느껴졌다.

그런 뒤 의사가 차가운 물체를 질 안쪽으로 밀어 넣으며 설명을 곁들였다. "이건 질경이라는 거야. 질 벽을 벌려서 안을 잘 들여다볼 수 있도록 해 주는 거지. 어디, 네 자궁 경관 한번 볼래?"

"글쎄요……"

"누구나 자기 몸에 익숙해지는 게 좋단다."

의사가 내 다리 사이로 거울을 갖다 댔다. 내가 상체를 들어 거울을 내려다보자 의사가 내 눈에 보이는 것들을 설명하기 시작했다. 에리카한테 탐폰 사용법을 배우던 일이 생각났다. 그때도 제대로 된 구멍을 찾기 위해 다리 사이에 거울을 갖다 대야 했다.

"신기해요." 내가 의사에게 말했다.

"그렇지? 나도 인간의 몸에 대해 끊임없이 놀란단다." 의사는 그렇게 말하며 거울을 치웠고, 나는 다시 진찰용 의자에 누웠다.

"이제 거의 다 끝났어. 자궁 경부암 검사 하고……. 됐다." 의사가 기다란 면봉처럼 생긴 것을 간호사에게 건네며 말했다. "이제 임질균 검사만 하면 돼……. 좋아, 그것도 이제 끝났어." 의사가 라텍스 고무장갑을 벗으며 물었다. "피임법 가운데 뭐 특별히 원하는 게 있니?"

"네. 피임약으로 하면 좋겠어요."

"그래, 안 될 이유 없지. 넌 건강 상태도 아주 좋으니까. 이제 옷 입고, 콜커 양 사무실에 잠깐 들렀다 가면 돼."

"그래, 어땠니?" 사회 복지사 언니가 물었다.

"아무렇지도 않았어요." 내가 대답했다.

"자, 여기 처방전." 언니가 처방전을 책상 위로 쓱 내밀었다. 그러고 나서 두 달 치 피임약과 복용 설명서를 주더니 내가 세부 사항을 다 잘 이해했는지 확인했다. 나타날 수 있는 부작용에 대해서도 이야기를 나누었다. 부작용이 나타나면 즉시 병원에 전화하기로 했다.

나는 펜 역까지 택시를 탄 뒤 5시 17분 기차에 몸을 실었다. 일 초라도 빨리 마이클에게 이야기해 주고 싶어 안달이 날 지경이었다.

하지만 집에 도착하자 엄마가 나쁜 소식을 전했다. "아까 마이클한테 전화 왔는데 독감에 걸렸다더라."

16

이틀 뒤 나도 같은 병에 걸려 드러눕고 말았다. 열이 40도까지 오르고, 침도 삼키기 어려웠다. 끔찍한 두통은 물론이요, 기운이 없고 어지럽기까지 해 혼자 화장실조차 가기 힘들었다. 의사는 아스피린을 처방해 주고, 수분을 많이 섭취하면서 침대에 누워 푹 쉬라고 지시했다.

이러다 죽는 게 아닌가 하는 생각이 들었다.

엄마와 아빠가 번갈아 가며 휴가를 내 나를 간호했다. 아빠는 아주 훌륭한 간병인이었다. 여러 가지 과일들을 믹서에 갈아 맛있는 주스를 만들어 주는가 하면, 내가 언제 이마에 냉찜질을 했으면 하는지도 정확히 알았다. 그리고 진 러미 카드 게임도 기꺼이 해 주었다.

나는 나흘 동안 침대에 누워 있었다. 제이미는 내 근처에 얼씬도 하면 안 됐지만 밤마다 문밖에 찾아와 그날 있었던 일을 들려주었다. 목요일, 드디어 한 시간 정도 일어나 집 안을 돌아다녔다. 몸무게는 2.5킬로그램이나 줄었고 기운도 하나도 없었다. 그날 밤 마이클에게 전화를 걸었다.

"그래, 좀 어때?" 마이클이 물었다.

"많이 좋아졌어……. 오늘은 벌써 좀 걸어 다녔어. 내일이면 완전히 회복할 수 있을 것 같아."

"다시 침대에 드러눕고 싶을지도 몰라……." 마이클이 쿨룩쿨룩 기침을 해 댔다.

"넌 아직도 아픈 것 같다? 약은 좀 먹고 있는 거야?"

"어……. 안 그래도 날마다 한 움큼씩 먹고 있어."

"보고 싶어, 마이클."

"나 보면 그런 말 쏙 들어갈걸? 나 지금 완전 초록 호수 괴물이야."

"내 몰골도 비슷해. 근데 너 내일은 학교에 갈 거니?"

"아니……. 월요일부터 가려고."

"주말에 올 수 있겠어?"

"그러고는 싶은데……. 확실한 건 내일 전화해서 말해 줄게."

"그래……. 잘 쉬고."

"너도." 마이클의 기침 소리가 또 들렸다.

마이클은 일요일 오후가 돼서야 우리 집에 잠깐 들를 수 있을 만큼의 기력을 회복했다. 나는 엄마에게 머리를 감게 해 달라고 사정했지만 엄마는 끝까지 허락하지 않았다. 하는 수 없이 머리를 올린 다음 할머니가 하던 대로 바닷가에서 쓰는 모자를 뒤집어썼다. 내 꼴은 말이 아니었다. 하지만 그건 마이클도 마찬가지였다. 마이클의 눈 밑으로 검은 그림자가 짙게 드리워져 있었다.

"웬 모자야?" 마이클이 물었다.

"머리를 가린 거야. 지금 상태 보여 주기 싫어서."

"그런다고 달라질까?"

"글쎄, 좀 다르지 않을까?"

"피곤해 보여."

"넌 초록색으로 보이고." 나는 그 말을 하면서 웃음을 터뜨리고 말았다.

"내가 그렇다고 미리 경고했잖아." 마이클도 나를 따라 웃다가 또다시 기침을 하기 시작했다. "너도 하나 먹을래?" 마이클이 목 캔디 한 개를 입 안에 넣으며 물었다.

"괜찮아, 됐어."

우리는 작은 방으로 가 손을 잡고 음악을 들으며 이야기를 나눴다.

나는 피임약에 대한 이야기를 내 생일인 그 주 금요일까지 하지 않고 기다렸다. 마이클은 나를 위해 멋진 계획을 준비해 놓고 있었다. 우리는 먼저 페이퍼 밀 극장에서 「캔디드」(미국의 작곡가 레오나르드 번스타인의 오페레타—옮긴이)를 본 다음 마리오스로 가 저녁으로 스파게티를 먹었다. 내가 식사를 거의 마칠 때쯤 마이클이 주머니에 손을 넣더니 작고 까만 보석 상자를 꺼내 놓았다. "생일 축하해." 마이클이 상자를 내 쪽으로 쓱 밀면서 말했다.

"나 주는 거야?" 나는 선물을 받을 때마다 어찌할 바를 몰랐다. 늘 쑥스러웠다. "뭐야?"

"열어 봐."

"그래……." 나는 천천히 상자를 열었다. 안에는 줄이 가는 은목걸이가 들어 있었다. 동그란 펜던트 위에는 '캐서린'이라고 내 이름이 새겨져 있었다. "어머, 마이클……. 너무 예쁘다."

"뒤를 봐." 마이클이 말했다.

나는 목걸이를 뒤집었다. 거기에는 '영원히, 마이클'이라고 새겨져 있었다. 눈물이 나올 것만 같았다. 나는 입술을 깨물며 참았지만 소용없는 짓이었다.

내가 냅킨으로 얼굴을 가리고 있는 동안 마이클이 계산서를 부탁했다. "우리 둘만 있을 때까지 기다렸다 줄 걸 그랬다." 마이클이 말했다.

나는 아무 말도 할 수가 없었다.

"캐스……. 자, 이제 뚝. 제발 그만 좀 울어, 응……?"

나는 애쓰고 있다는 것을 보여 주려고 고개를 끄덕였다.

"널 기쁘게 해 주려고 준 거지, 슬프게 하려던 게 아니란 말이야."

"슬프지 않아." 목소리가 이상하게 갈라졌다.

"그만 가자." 마이클은 계산을 한 뒤 나를 데리고 식당을 빠져나와 차로 갔다.

차에 앉자 마이클이 내게 목걸이를 걸어 준 뒤 입을 맞췄다. 나는 동그란 펜던트를 내려다보며 가만히 어루만졌다. "내 인생에서 이보다 더 소중한 선물은 없을 거야."

"네 마음에 들어서 다행이야."

우리는 다시 한 번 입을 맞췄다. 이번에는 내가 마이클의 귀에 대고 속삭였다. "나도 깜짝 선물이 하나 있어."

"내 생일은 아직 한 달이나 남았는데?"

"알아. 하지만 이건 좀 다른 종류의 선물이야."

"흠……. 뭔데?"

"알아맞혀 봐."

"힌트 좀 줘."

"좋아. 나, 뭐가 생겼어."

"성병?"

나는 손가방으로 마이클의 머리를 찰싹 때렸다. "아우, 하여튼. 너만 안 옮기면 난 그런 병 안 걸려!"

"그런 일 절대 없을 거야."

"그럼 다시 알아맞혀 봐."

"난 뭐 알아맞히는 데 소질 없어."

"좋아……. 그럼." 나는 가방에서 피임약을 꺼내 마이클의 코앞에 바짝 들이댔다.

잠시 어리둥절해하던 마이클의 얼굴에 서서히 미소가 번졌다.

"피임약?"

"응."

"피임약 먹는 거야?"

"그렇대도."

"언제부터?"

"너 아프기 전날 받아 왔어."

"아니, 어디서…… 대체 어떻게……."

"뉴욕에 있는 가족계획협회 사무실에 갔었어."

"하여튼 넌……. 진짜 놀랍다니까."

"중요한 일이잖아, 안 그래?"

"그럼, 중요하고말고."

엄마와 아빠는 내가 아직 회복 단계라고 생각했기 때문에 나는 일찍 돌아오겠다고 약속을 해 놓고 나왔었다. 집에 와 보니 두 분은 친구들을 초대해 식사를 하고 있었다. 마이클과 둘만 오붓이 있을 수 있는 가능성은 전혀 없어 보였다. 우리는 현관 앞에서 작별 키스를 나누었다.

"섀런 언니랑 아이크 오빠 이번 주말엔 어디 안 가신대?"

"응, 아무 데도 안 갈 것 같아……."

"안타깝다." 나는 마이클의 허리에 팔을 두르며 얼굴을 쳐다보았다.

"걱정 마. 내가 무슨 수를 내 볼게."

"너희 집은 안 돼. 싫어……." 다음 날 밤 마이클과 통화하며 내가 말했다.

"왜 안 돼? 엄마랑 아빠는 12시나 돼야 돌아오실 거란 말이야."

나는 시계를 들여다보았다. 7시 반이었다. "글쎄. 너희 집에 가는 건 좀 이상해."

"아무것도 안 하고 그냥 얘기만 하면 되잖아." 마이클이 말했다.

"그 얘기, 전에도 한 번 들은 것 같은데?"

마이클의 집은 하얀 덧창이 달린 빨간 벽돌집이었다. 마이클이 아버지의 회사가 근처라고 말해 주었다. 현관문을 열자 타샤가 나에게 와락 달려들었다. "아, 안녕, 타샤……." 나는 타샤의 머리를 가볍게 쓰다듬어 주었다.

"앉아, 타샤." 타샤는 마이클의 명령을 고분고분 따랐다. "자, 이쪽으로 와 봐." 마이클이 내 손을 잡고 집 안을 구경시켜 주었다.

아주 깔끔한 집이었다. 가구는 모두 짙은 색에 큼직큼직하니 육중해 보였다. 식사하는 방과 거실에는 커튼이 쳐져 있었다.

부엌은 벽지가 노랗고 화초들이 여기저기 걸려 있어서 그런지 다른 방들에 비해 밝아 보였다. 꽃 모양 자석을 이용해 냉장고 문에 붙여 놓은 쪽지가 눈에 띄었다. "M — 냉장고에 수프 만들어 놨다. 끓이지 말고 살짝 데우기만 해."

"내 방 볼래?" 마이클이 물었다.

"기왕 여기까지 왔으니까 한번 보지 뭐." 나는 그렇게 말하며 웃었다.

마이클은 위층 복도를 지나, 어질러진 책장과 정돈되지 않은 침대가 있는 방으로 나를 데리고 갔다.

"미안. 침대 정리 매일매일 해야 하는데 가끔씩 잊어버려."

"침대 정리하는 걸 어떻게 잊어버릴 수가 있니?"

"간단해."

내가 책장을 구경하며 방 안을 천천히 돌아다니는 동안 마이클이 음악을 틀었다. 마이클은 문고판 책이 아주 많았다. 어느 단체에서 받은 건지는 모르겠지만 삼각 깃발 몇 개와 청바지를 입은 침팬지 그림 — 이 집 식구들은 죄다 원숭이 팬인가 보네! — 그리고 꼬마가 알파벳 모양 국수가 든 수프에서 픽(f-u-c-k)이라는 단어를 만들어 내는 만화도 눈에 띄었다. 내가 캠프 트로피를 들어 올리며 말했다. "축하해. 올해 기량이 가장 많이 향상된 수영 선수라······. 놀라운데!"

"아, 그거······. 그해에는 깊은 물에 뛰어들 만큼 용감했었지."
우리는 웃었고, 타샤는 구석에 있는 의자 밑으로 가 몸을 동그랗게
만 채 엎드렸다.

"옷장도 봐도 돼?" 내가 물었다.

"그럼. 보고 싶은 거 있으면 다 봐." 마이클은 그렇게 말하며 침
대를 정리하기 시작했다.

나는 붙박이장 문을 열었다. 바닥에는 신발과 운동 기구들 그리
고 아마도 빨랫감이라고 짐작되는 옷가지들이 수북이 쌓여 있었다.

"원하는 거 찾았니?" 마이클이 물었다.

"특별히 찾는 거 없어. 그냥 다 보고 싶어서 그러는 거야. 널 속
속들이 알고 싶어서. 근데 너 지금 보니까 좀 지저분하고 게으른
것 같다?"

"늘 그런 건 아냐." 마이클이 말했다.

나는 두 번째 붙박이장 같아 보이는 문을 열어젖혔다. 하지만 그
건 장이 아니라 욕실이었다. 바닥에 수건들이 나뒹굴고 있었다. 마
이클이 황급히 수건을 집더니 빨래 바구니에 던져 넣었다.

"세상에······." 나는 욕실 수납장을 살펴보며 혀를 찼다. "나보
다 쓸데없는 게 더 많잖아." 수납장 안에는 땀 냄새를 제거해 주는
데오도런트 세 개와 샴푸 두 개, 운동선수용 발 크림, 여드름 비누,
약용 로션과 의사 처방 제품들, 그리고 애프터셰이브 로션이 최소

한 여섯 개쯤 있었다. "어째 만날 때마다 냄새가 다르다 했더니."
내가 말했다.

"네 마음에 드는 거 하나만 골라. 그럼 나머지는 다 버릴게."

"난 어느 게 어느 건지 구별하지도 못할 것 같은데?" 내가 세면
대 위에 각종 애프터셰이브 로션들을 일렬로 죽 늘어놓으며 말했
다. 그리고 하나하나 뚜껑을 열고 냄새를 맡기 시작했다. "이게 제
일 좋다." 나는 머스타시라고 적힌 초록색 로션 병을 들어 보였다.

"그럴 거야. 제일 비싼 거거든."

"음." 나는 다시 한 번 냄새를 맡으며 고개를 끄덕였다. "역시 난
취향이 고급이라니까."

마이클이 내 손에서 병을 빼앗아 가더니 자기 얼굴에 로션을 조
금 발랐다.

"너 그거 밑에다가도 발라 본 적 있니?" 내가 물었다.

"거기다 왜 발라? 면도도 안 하는데." 마이클이 대답했다.

"아니, 언젠가 책에서 봤는데…… 그 남자애는 여자 친구랑 데
이트하러 가기 전에 애프터셰이브를 거기에도 바르더라고."

"글쎄, 나도 누가 냄새를 맡을지도 모른다 싶었으면 좀 발랐겠
지."

"누구 말하는 거야?"

"몰라……. 그냥 누구 있어." 마이클이 병을 변기 위에 내려놓더
니 바지 단추를 풀었다.

"뭐 하는 거야?"

"지금 한번 해 보려고. 늘 준비를 해 놔야지……. 혹시 모르니까." 마이클은 바지를 벗고 팬티를 내렸다. "잠깐." 마이클이 입을 열었다. "아니면 네가 해 줄래?"

"내가……?"

"어차피 네 생각이었잖아."

늘 어두울 때만 사랑을 나눈 탓인지 허리 아래로 아무것도 걸치지 않은 마이클을 보는 게 재미있었다. 만져 본 적은 많았지만 마이클의 몸을 자세히 들여다보기는 처음이었다.

마이클도 내 생각을 알아차렸던지 이렇게 말했다. "속속들이 다 알고 싶다고 하지 않았던가?"

그래서 나는 관찰을 시작했다. 거기에 난 털은 머리카락보다 훨씬 더 곱슬곱슬할 뿐, 색깔은 마이클의 머리카락과 거의 똑같았다. 나는 음모가 머리카락보다 훨씬 더 어두운데. "안녕, 랄프……." 나는 그렇게 말하며 마이클 앞에 무릎을 꿇었다. 랄프는 작고 말랑말랑하게 축 늘어져 있었다. 내가 손바닥에 머스타시를 조금 덜어 마이클 쪽으로 갖다 대려는데 마이클이 내 손을 잡으며 말했다.

"됐어, 하지 마……. 냄새날 거야."

"그걸 어떻게 알아?"

"그냥 알아."

"하지만 네가……." 마이클은 내가 말을 끝내도록 두지 않았다.

대신 자기도 바닥에 무릎을 꿇었다. 우리가 키스를 하기 시작하자 랄프는 점점 더 커지면서 단단해졌다. 나는 스스로 옷을 벗었고 마이클은 그런 나를 지켜봤다. 랄프는 마치 나를 보려는 것처럼 우뚝 서 있었다. 우리는 욕실 양탄자 위에서 사랑을 나눴다. 하지만 내가 막 흥분하려는 순간 마이클이 절정에 이르고 말았다. 우리가 과연 제대로 할 수 있는 날이 올까 싶었다.

"미안." 마이클이 말했다. "더 이상 참을 수가 없었어……. 몇 주만에 하는 거잖아."

"괜찮아."

우리는 침대로 가 한 시간 정도 눈을 붙였다. 깨어 보니 랄프가 또다시 단단해져 있었다. 이번에는 마이클도 오랫동안, 훨씬 더 오랫동안 견뎠다. 나는 흥분한 나머지 마이클의 등을 두 손으로 움켜쥐고 내 안으로 더 깊숙이 잡아당기려고 노력했다. 다리를 최대한 벌려 엉덩이를 침대에서 들어 올리고 마이클과 계속해서 함께 움직였다. 그러다 마침내 나는 절정에 도달했다. 나의 절정은 마이클보다 조금 앞서 찾아왔고, 그 순간 나는 엄마처럼 소리를 지르고 말았다. 마이클도 마찬가지였다.

마이클이 내 위에 엎드려 숨을 고르고 있는데 내가 웃기 시작했다. "나, 절정에 올랐어……." 내가 말했다. "정말 절정에 올랐다고."

"알아, 나도 느꼈어. 그래서 그렇게 웃는 거야?"

"몰라, 나도 왜 웃는지 잘 모르겠어."

"좋았니?"

"그걸 질문이라고 해? 네가 너무나 가깝게 느껴졌어……. 널 이토록 가깝게 느껴 보긴 처음이야."

"나도 그래."

"우리 한 번만 더 하면 안 되니?" 내가 물었다.

"지금 당장은 안 돼……. 난 잠깐 쉬어 줘야 하거든."

"마이클……."

"응?"

"근데 랄프는 어떻게 이름을 갖게 됐어?"

마이클이 나를 바라보며 싱긋 웃었다. "너만을 위해 특별히 지은 거야."

타샤가 침대로 뛰어오르더니 마이클 옆으로 파고들었다. 나는 타샤가 방에 있다는 사실을 까맣게 잊고 있었다. 마이클은 타샤를 잠시 쓰다듬어 준 뒤 내게 팔을 두르고 다시 잠들었다. 나는 마이클을 바라보았다. 마이클의 잠든 모습을 지켜보는 게 좋았다. 다른 건 모두 차치하고서라도 마이클은 이제 가장 가까운 친구였다. 에리카와의 우정과는 다른 종류였다. 날마다 그리고 영원히 마이클과 함께 있고픈 마음이 들었다.

삼십 분 뒤 나는 마이클을 가볍게 흔들어 깨우며 속삭였다.

"10시 반이야."

"으음……. 우리 그만 가야지."

"나 배고파 죽겠어." 내가 말했다.

"나도."

"샤워부터 해야 할 것 같아."

"같이 할까?"

"그거 재밌겠는데. 근데 시간 정말 충분하니?"

"지금 얼른 서두르면."

우리는 욕실로 갔다. 마이클은 우리 두 사람이 쓸 새 수건을 가져온 뒤 욕조 위의 수도꼭지를 돌려 물 온도를 조절했다. "샤워할 때도 목걸이 해?" 마이클이 물었다.

"당연하지. 절대 안 풀어." 내가 말했다.

마이클이 먼저 내 등에 비누칠을 해 줬고, 그다음에는 내가 해 주었다.

우리는 서로의 물기를 닦아 주었고, 나는 마이클의 데오도런트 중 하나를 사용했다. 마이클은 머스타시를 얼굴에 발랐다. 우리는 옷을 입은 다음 요기를 하기 위해 집을 나섰다.

햄버거를 먹으면서 내가 물었다. "연상의 여자랑 한 기분이 어때?" 마이클이 멍한 표정을 짓기에 내가 얼른 덧붙였다. "난 벌써 열여덟이잖아. 기억나? 하지만 넌 열여덟이 되려면 아직 한 달이나 남았다고."

마이클이 콜라부터 죽 들이켜더니 이렇게 응수했다. "그래, 연상이 좋은 이유가 있지!"

우리 집으로 가는 길에 내가 말했다. "너희 부모님 만나 뵙고 싶어."

"조만간 뵙게 될 거야."

"어떤 분들이셔?"

"괜찮으셔. 너희 부모님들보단 약간 뻣뻣하지만 기본적으로는 좋은 분들이야."

"우리에 대해 알게 되면 뭐라고 하실 것 같아?"

"엄마는 네가 날 유혹했다고 생각할 테고…… 아빠는 나더러 여자 보는 눈이 있다고 하실 테지."

"아우, 마이클!"

우리는 집에 도착한 다음 한 시간쯤 작은 방에 앉아 있었다. 안 그러면 엄마, 아빠가 수상하게 생각할 것 같아서였다. 그냥 마이클을 데리고 위층 내 침대로 가 버릴 수 있다면 얼마나 좋을까. 사실 나는 한 번 더 하고 싶었지만 마이클이 자기는 지쳤다고 했다. 독감에서 회복된 지 얼마 안 돼서 그런 듯했다.

17

　제이미가 사랑에 빠졌다. 수학 수업을 같이 듣는 데이비드라는
아이였다. 제이미는 데이비드가 마이클과 무척 비슷하게 생겼다
고 했다. 그런데 다른 사람들이 알면 놀려 댈까 봐 남들 앞에서는
서로를 아주 싫어하는 것처럼 행동하기로 했단다. 제이미의 말을
듣고 있자니 내가 더 이상 열세 살이 아닌 게 천만다행으로 여겨
졌다. 문제는, 데이비드가 밤마다 제이미에게 전화를 걸어 세월아
네월아 하는 통에 마이클이 나와 통화를 하려면 엄청 애를 먹는다
는 거였다. 결국 엄마, 아빠가 우리 둘 다 십오 분씩만 통화하라고
시간을 제한했다.
　올여름에도 제이미는 뉴햄프셔에서 열리는 캠프에 가기로 했

다. 제이미는 하루라도 빨리 가고 싶어 안달이 났다. 거기 가면 데이비드와 장장 칠 주나 보지 못하는데도 아무렇지 않은 걸 보니 열세 살짜리 사랑은 확실히 열여덟 살짜리 사랑과는 차원이 다른 것 같았다.

나는 아직 여름 방학 계획이 없었다. 일자리를 구하는 중이었지만 지금까지는 행운이 따르지 않았다. 핸델스먼 선생님이 6월까지는 무슨 자리가 생겨도 생길 테니 너무 걱정하지 말라고 했지만 이미 4월 중순으로 접어들고 있었기에 걱정을 하지 않을 수가 없었다. 사정은 마이클도 마찬가지였다. 마이클은 내년 대학 생활비를 충당하기 위해 보수가 좋은 여름 방학 아르바이트를 알아보고 있었는데 역시 아무 일자리도 찾지 못한 상태였다.

월요일 아침, 자율 학습을 끝내고 나오는데 교실 밖에서 에리카가 나를 기다리고 있었다. "나, 여름에 『더 리더』에서 일하게 됐어."

『더 리더』는 웨스트필드에서 발행하는 주간지로, 적어도 백 명의 지원자가 몰리는 인기 있는 일자리였다. "어머, 너 진짜 운 좋다. 나도 그렇게 재미있는 일자리를 구하면 좋을 텐데." 내가 말했다.

에리카는 화요일 아침에도 나를 기다리고 있었다. "시빌이 임신했대." 에리카가 한쪽 팔로 안고 있던 책을 다른 쪽 팔로 옮기며 말했다. "어젯밤에 들었어."

"어머……."

"근데 애 아빠가 누군지도 모른대."

"맙소사."

"임신이 너무 많이 진행된 상태라 낙태도 못 한다나 봐. 7월 초에 낳는대."

나는 손가락으로 달수를 따져 보았다. "그렇다면 10월에 임신했단 얘기잖아……."

"응. 그런데 지금까지 결석도 한 번 안 했다지 뭐야."

"세상에……. 근데 왜 아무 말도 안 하고 숨겼대?"

"아기를 낳고 싶은데 걔네 부모님이 알면 낙태하라고 할 게 뻔하니까."

"아니, 그럼 걔네 부모님은 여태 아무 눈치도 못 챘다는 말이야?"

"원래부터 뚱뚱했잖아. 그냥 계속 그 텐트 같은 옷 입고 다니니까 티가 안 났나 봐……."

"의사한테도 안 가고?"

"가긴 갔는데, 결혼했다고 했대. 이름하고 주소도 가짜로 쓰고……."

"애는 어쩔 거래?"

"저도 자기가 못 키운다는 건 알아. 낳자마자 입양시킬 건가 봐."

"아니, 그럴 거면서 왜 낳는대?"

"글쎄, 뭐……. 나한테는 경험 삼아 낳는 거라고 하더라."

"졸업은 할 수 있는 거야?"

"응……. 아직은 외숙모랑 삼촌, 우리 부모님 그리고 너랑 나밖에 모르거든. 지금 이것도 걔네 부모님이 절 여름에 듀크 대 부속 병원에 집어넣으려고 하니까 분 거야……. 그 왜 있잖아, 비만 전문 병원."

나는 고개를 저었다. "믿을 수가 없다."

"그래 뭐……. 나도 마찬가지야."

"나라면 낙태했을 거야. 너도 그렇지 않니?"

"응, 당장. 어제 우리 엄마 시빌 때문에 완전 흥분해서 곧장 자기 다니는 산부인과에 전화하더니 내 이름으로 예약 잡더라. 나더러 피임약 먹으라고 하더라고. 그래서 내가 이랬지. '엄마, 진정해. 나 아직 처녀야.' 그런데도 엄마는 내가 모든 면에서 대학 갈 준비가 되었다는 걸 알아야 마음이 놓이겠대."

"그래서, 먹을 거니?"

"당연하지. 나도 만반의 준비를 갖추는 게 더 좋거든. 그리고 어쩌면 아티한테도 도움이 될지 몰라……. 좀 더 안전하다고 느낄 테니까."

4월의 마지막 목요일에 학교에서 '직업 소개의 날' 행사가 열렸다. 나는 올해 새런과 할머니를 초대했기 때문에 점심 식사를 교사 식당에서 했다. 하지만 그곳 음식도 크게 나을 것은 없었다. 할머니와 섀런은 각자 일하면서 경험한 일화를 주고받는 등 죽이 아주 잘 맞았다.

점심 식사가 끝난 뒤 우리는 모두 강당에 모여 그날 초청된 강사들의 간단한 직업 소개를 들었다. 그러고 난 다음에는 소그룹을 지어 마음에 드는 초청 강사 세 명을 차례차례 찾아갔다. 할머니와 섀런은 가장 인기 있는 강사에 속했다. 덕분에 두 사람의 교실은 세 차례 모두 학생들로 북적댔다.

행사가 모두 끝나자 핸델스먼 선생님이 내게 몇 번이고 고맙다는 인사를 했다. 교무실로 함께 걸어가는데 선생님이 물었다. "다른 학교에 원서 넣는 건 어떻게 됐니? 계속 기다리고 있는데."

"부모님이 허락하지 않으세요." 내가 대답했다.

선생님이 내 어깨를 가볍게 잡았다. "다 잘될 거라고 믿는다."

"예, 저도 그러길 바라요."

나는 마이클과 내게 다른 계획이 있다는 사실을 선생님에게 말하지 않았다. 버몬트와 미들베리는 모두 3학기 제도를 실시하는 대학이다. 따라서 마이클은 겨울 학기를 쉬고 콜로라도 주에서 스키를 가르칠 계획이었다. 겨울에 취득하지 못한 학점은 여름 학기에 보충하면 됐다. 그렇게 하면 사 년 만에 졸업이 가능했고 우리는 겨우내 주말마다 함께 있을 수 있었다. 마이클은 벌써 콜로라도 주의 베일, 애스펜, 스팀보트 스프링스에 지원서를 낸 상태였다.

"그러다 내가 덴버에 안 되면 어떻게 해?" 내가 물었다.

"될 테니까 걱정 마."

따라서 솔직히 말하면 오늘 '직업 소개의 날' 행사 때 내 마음은 새런이나 할머니 또는 다른 강사들의 강연이 아닌, 전혀 다른 곳을 헤매고 있었다. 나는 오로지 오늘이든 내일이든 여차하면 날아올 대학 입학 허가에 대한 생각밖에 없었다.

이틀 뒤, 마침내 올 것이 오고야 말았다. 미시건에서는 거절당했지만 펜실베이니아 주립대와 덴버에서는 입학 허가가 나왔다. 마이클은 미들베리는 안 되고 버몬트는 됐다. 일주일 뒤 우리는 학교에서 에리카가 래드클리프 대학으로부터 입학 허가를 받았다는 소식을 들었다.

"별로 안 놀랐어." 내가 전화를 걸어 축하하자 에리카는 그렇게 말하며 주제를 돌렸다. "시빌 얘기 들었니?"

"아니……. 왜?"

"갠 스미스, 웰즐리, 홀요크, 스탠퍼드 할 것 없이 지원한 데는 다 붙었대. 물론 임신했단 말은 안 했고."

"하여튼 대단하다. 그나저나 아티는 어떻게 됐어? 무슨 소식 있니?"

"아직까지는 템플 대 대기자 명단에 들어 있어. 그게 다야."

"차라리 아무 데서도 입학 허가를 못 받으면 걔네 아버지가 마음 바뀌서 예술 학교에 가는 거 허락하시지 않을까?"

"나도 그렇게 말했는데 아티는 믿질 않아."

나는 바로 덴버에 입학 동의서를 보냈다. 물론 엄마와 아빠는 덴버는 너무 멀다며 몇 주 동안 차분히 생각해 보는 게 좋지 않겠느냐고 권했다. 그래서 나는 마이클의 계획에 대해 말씀드렸다. 두 분 다 썩 기뻐하는 눈치는 아니었다.

날씨가 더워지기 시작하면 우리는 일주일에 한 번씩 저녁으로 신선한 야채에 참치, 삶은 달걀, 치즈 등을 곁들인 샐러드를 먹었다. 보통은 엄마가 도서관에서 늦게 돌아오는 수요일이 샐러드 먹는 날이었다.

내가 치즈 조각에 붙어 있는 비닐을 벗겨 내는데 아빠가 뜬금없는 질문을 던졌다. "여름내 테니스 치면서 돈 버는 건 어떻겠니?"

"아빠, 지금 농담하세요? 그럴 수만 있으면 너무 좋죠." 내가 치즈 한 조각을 입 안에 던져 넣으며 대답했다.

아빠가 싱긋 웃었다. "네가 그렇게 말해 주길 바랐다."

"아니, 방금 그 말 진담이셨어요?" 내가 물었다. "테니스 클럽에서 사람 찾아요?"

"아니……. 하지만 폭시가."

"폭시요?"

"샘 폭스라고, 제이미네 캠프 책임자야." 아빠가 말했다. "오늘 아침에 그 사람이랑 통화했는데 이번에 테니스 코트를 세 개나 더 만들었대. 비가 와도 끄떡없는 전천후 코트라나 봐. 그러면서 보조 테니스 교사가 필요하다는데, 원래 고용하려고 했던 남자애는 간염이라서 안 된다는 것 같더라."

"전 거기 못 가요." 내가 달걀노른자를 포크로 찌르며 대꾸했다.

"삼백오십 달러나 준다는데?" 아빠가 말했다.

"삼백오십이 아니라 삼천 달러라도 싫어요. 뉴햄프셔엔 절대 안 갈 거예요."

엄마와 아빠가 눈빛을 교환했다.

"이야기할 가치도 없어요." 그렇게 말하는데 갑자기 달걀이 목에 콱 걸렸다.

"네가 관심 있을 거라고 폭시한테 말했는데……."

"그럼 아빠가 착각했다고 하시면 되잖아요!"

"저 그만 일어나 봐도 돼요?" 제이미가 물었다.

"그래." 엄마가 대답했다. 제이미가 나가자 엄마가 날 회유하려고 들었다. "너한테 좋은 일자리 찾아 주려고 아빠가 얼마나 고생했는지 몰라."

"누가 부탁이나 했어요?"

엄마가 나이프와 포크를 식탁에 내려놓았다. "너 지금 태도가 그게 뭐니?"

나는 눈물이 터져 나오려는 것을 간신히 참고 있었다. "제가 그렇게 바본 줄 아세요? 엄마랑 아빠가 왜 이러는지 제가 모를 줄 알아요?"

"이번 일은 마이클이랑 아무 상관도 없어." 아빠가 말했다.

"거짓말하지 마세요!"

"그래." 엄마가 끼어들었다. "우리 둘 다 네 환경을 좀 바꿔 보는 것도 나쁘지 않을 거라고 생각했어……."

"환경을 바꾼다고요? 엄마랑 아빠는 제가 곧 덴버에 간다는 거 잊으셨어요? 저랑 마이클은 9월까지밖에 시간이 없다고요. 아시잖아요."

"캠프는 겨우 칠 주야." 아빠가 말했다.

"겨우 칠 주!"

"말꼬리 잡고 늘어지지 마!" 아빠가 호통을 쳤다.

"엄마랑 아빠한테는 칠 주가 아무것도 아닐지 모르죠. 하지만 저한테는 영원보다 길어요!"

"자자, 이러지들 말고 좀 이성적으로 얘기하자." 엄마가 말했다.

아빠가 목소리를 낮췄다. "캐스, 아빠 말 좀 들어 봐……. 폭시랑은 이미 얘기가 됐어. 네가 그 일을 하기로."

"얘기가 됐다고요? 아빠가 무슨 권리로 내 대답을 대신해요? 전 더 이상 어린애가 아니에요. 이제 열여덟 살이라고요." 이제 눈물이 나든 말든 상관없었다. 나는 냅킨으로 눈물과 콧물을 닦았다.

"지난여름에는 제이미네 캠프에서 테니스 한번 가르쳐 보면 소원이 없겠다고 했잖아." 엄마가 일 년 전에 내가 했던 말을 상기시켰다.

"그건 작년 여름이었죠. 지금은 사정이 달라졌다고요!"

"무작정 싫다고 하지 말고 생각을 좀 해 봐. 아빠가 바라는 건 그것뿐이야." 아빠가 말했다.

"벌써 했어요……. 결정도 이미 내렸고요. 그러니까 폭신지 폭슨지 그 선생님한테 전화하셔서 다른 사람 찾으라고 말씀하세요." 나는 냅킨을 식탁에 던지며 자리에서 일어났다.

"그렇게 못 하겠다." 아빠가 말했다. 순간 아빠 역시 결심을 굳혔다는 생각이 뇌리를 스쳤다. 모든 게 갑자기 선명해지는 느낌이었다. "단도직입적으로 물을게요." 나는 한마디 한마디를 아주 천천히 내뱉었다. "그러니까 지금 저한테 선택의 여지가 없다고 말씀하시는 거……죠, 그렇죠?"

"그래." 아빠가 대답했다.

"엄마……." 나는 엄마를 불렀다.

"엄마 생각에도 시도는 한번 해 보는 게 좋을 것 같아." 엄마가 말했다.

"시도라니? 얼마나요? 한 시간, 하루, 일주일······?"

"여름내 해야지."

"믿을 수 없어." 내가 입을 열었다. "난 늘 엄마랑 아빠가 아주 공정하다고 생각했어요······. 근데 이제 보니 죄다 착각이었어요. 착각도 보통 착각이 아니었다고요······."

"지금 네 기분이 어떨지는 엄마도 알아, 캐스······." 엄마가 운을 떼었다.

나는 손을 들어 엄마의 말을 막았다. "언젠가 크면 고마워할 날이 있을 거라는, 또 그 말 같지도 않은 말 하시려면 관두세요······."

"그 말 하려는 거 아니었어······." 엄마가 다시 입을 열었지만 나는 끝까지 듣지 않고 부엌을 뛰쳐나와 내 방으로 올라가 버렸다.

얼마 뒤 제이미가 방문을 두드렸다. 이미 울 만큼 운 뒤였다. "나도 언니를 강제로 캠프에 보내는 거 반대야."

"엄마랑 아빠한테도 그렇게 말씀드렸니?"

"응."

"뭐라셔?"

"난 빠지래."

"나 그냥 집을 나가 버릴 수도 있어. 두 분 다 그런 생각 해 보셨나 모르겠다. 내 물건 챙겨서 떠나는 거야······."

"언니, 진짜 그러지는 않을 거지?" 제이미가 물었다. 얼굴에는 근심이 가득했다.

나는 침대에서 돌아누워 한숨을 내쉬었다. "그래······. 아마 그러지는 않을 거야." 참 신기했다. 무슨 일이 생길 때마다 이번만큼은 무너져 내리고 말 거라고 확신하는데도 실제로 그런 적은 한 번도 없었다.

"다행이야." 제이미가 말했다.

집에서는 다음 날도, 그다음 날도 그 문제를 더 이상 거론하지 않았다. 하지만 내가 캠프 일을 맡으리라는 것은 기정사실로 여겨졌다.

이제 마이클에게도 알려야만 했다.

나는 마이클의 생일 때까지 기다리기로 했다. 일주일밖에 남지 않았으니까. 나는 서랍장의 맨 아래 서랍을 열고 내가 산 선물을 꺼내 보았다. 셰틀랜드 울로 만든 스웨터였다. 마이클의 눈동자 색과 똑같은 푸른빛이 감도는 초록색이었다. 벌써 두 번이나 교환한 것이었다. 첫 번째 스웨터는 집에 와서 펴 보니 너무 큰 것 같았고, 두 번째 스웨터는 직접 입어 보니 너무 따끔거렸기 때문이다. 하지만 이번 것은 아주 완벽했다. 나는 상자 뚜껑을 열고 스웨터를 얼굴에 살며시 갖다 댔다. 새 옷 냄새가 났다. 생일 때까지 기다려도 괜찮은 걸까? 이게 정직한 걸까? 아니야······. 지금 당장 말해야만 해.

에리카가 우리 부모님에 대해서, 그리고 내가 여름 방학 내내 뉴햄프셔에서 아르바이트하게 됐다는 말을 듣더니, 가족과 바닷가에서 주말을 보내려던 계획을 바로 취소하고 나를 자기 집으로 불렀다. 내가 이해해 줘서 고맙다고 하자 에리카는 "친구 좋다는 게 뭐니. 안 그래?"라고 말했다.

"그러지 말고 에리카를 우리 집으로 부르지 그러니?" 에리카의 부모님이 여행 가셔서 함께 있어 주러 가겠다고 하니까 엄마가 그렇게 말했다.

"싫어……. 그냥 내가 갈래."

토요일 밤에는 마이클과 아티가 저녁을 먹으러 에리카네 집으로 왔다. 우리는 핫도그와 콩 요리를 마련했다. 또 마이클을 위해서는 시금치 한 봉지를 왕창 다 삶았고, 나를 위해서는 바삭하게 구운 치즈 샌드위치를 준비했다. 에리카의 개 렉스는 식탁 밑에 앉아 에리카가 접시에서 덜어 주는 음식을 날름날름 받아먹었다. 우리는 둘 다 여름 이야기를 꺼내지 않으려고 아주 조심했다. 아티는 그날따라 기분이 한껏 고조돼서 내가 초를 꽂은 케이크를 가지고 나와 마이클 앞에 내려놓을 때까지 자기 가족 이야기를 쉴 새 없이 떠벌렸다. 마이클의 생일은 목요일이었지만 나는 그냥 생일 축하 노래를 불러 버렸다. 마이클은 놀라면서도 기뻐했고, 나더러 촛불을 같이 끄자고 했다. 바로 그 순간 아티가 다시 우울해졌다. "십팔 년이라……." 아티가 입을 열었다. "인생이 벌써 사 분의 일이나 지나가 버렸군……. 끝났어. 망가졌다고. 그냥 이렇게……." 아티가 손가락을 튕겼다. "이제 우리 앞에는 내리막길밖에 없어."

"아니야, 그렇지 않아." 내가 발끈했다. "우린 이제 시작일 뿐이야. 인생의 가장 멋진 부분이 아직 남았다고."

아티가 내 말을 받았다. "물론이야. 다들 뭐라도 좀 되어 보려고 평생 아등바등 살 테지. 뭘 위해서 그렇게 사느냐……. 바늘이랑 고무관이랑 잔뜩 꽂은 채 돌봐 주는 사람 하나 없는, 저기 어디 암병동에나 누워 있으려고. 그게 바로 우리 앞에 놓여 있는 미래라고."

에리카가 아티의 팔을 건드렸다. "그러니까 즐길 수 있는 건 즐기고 다른 건 잊어버려."

"우린 이길 가망성이 없어."

"제발, 아티……." 내가 나섰다. "오늘 밤은 망치지 말아 줘."

"젠장, 난 망치려는 게 아니야."

"그럼 됐어." 에리카가 일어서더니 접시를 치웠다. "음란 버전으로 스크래블 한 판 어때?"

"좋지." 마이클이 말했다.

"그래 뭐, 안 될 것 없지." 아티도 동의했다. "즐길 수 있을 때 즐기자고."

아티는 침울한 기분을 털어 버렸고, 우리는 재미있게 게임을 즐겼다. 그러고 나서 마이클과 나는 손님방으로 갔고, 아티와 에리카는 위층으로 올라갔다. 렉스도 그 뒤를 쫓아갔다.

마이클은 내가 달아오를 때까지 충분히 시간을 끌었다. 아니 어쩌면 그냥 내 느낌이 그랬는지도 모르겠지만 정말 좋았다. 이제 우리는 모든 불을 다 끄지는 않았다. 사랑을 할 때 상대를 지켜볼 수 있으면 훨씬 더 멋졌다. 관계를 끝내고 잠시 쉬는 동안 나는 여름 이야기를 어떻게 하면 좋을지 고민하기 시작했다. 하지만 결국 딱히 쉬운 방법이 없다는 결론을 내리고 그냥 말을 꺼냈다.

"마이클…… 할 얘기가 있어."

"응……." 마이클이 내 머리카락을 가지고 장난을 치며 대답했다.

"내 말 듣는 거야?"

"응……." 마이클의 눈은 여전히 감겨 있었다.

"이번 여름에 관한 얘긴데……." 나는 거기까지 말하고 마이클의 반응을 기다렸다. "아, 어떻게 말해야 좋을지 도무지 모르겠어……."

마이클이 그제야 눈을 뜨더니 자기도 일어나 앉았다. "그냥 말해, 캐스. 무슨 일이 됐건…… 있는 대로 말해."

"나, 칠 주 동안 뉴햄프셔에 가게 됐어. 아빠가 제이미가 가는 캠프에 내 일자리를 주선하셨거든……. 보조 테니스 교사가 필요하다나 봐. 물론 싫다고는 했어, 잊어들 버리시라고……. 그랬더니 나한테는 선택권이 없다는 거야. 완전히 강제로 보내는 거야, 마이클. 그래도 내가 좀 알아봤더니 네가 차를 몰고 한 번은 올 수 있을 것 같아. 아니, 어쩜 두 번도 가능할지 몰라. 그럼 나도 분명 휴가를 받을 수 있을 테니까. 그리고……." 나는 마이클을 바라보았다.

"네가 지금 무슨 생각 하는지 알아." 내가 다시 말을 이었다. "열여덟 살이나 됐으니까 좀 더 독립적이어야 한다는 거지. 내 주장을 좀 더 확실히 내세워야 한다는 거…… 하지만…… 아, 나도 모르겠어." 나는 잠시 입을 다물었다. "아무 말이나 좋으니까 제발 뭐라고 좀 해 봐, 마이클…… 부탁이야."

"실은 나도 일자리를 얻었어……. 노스캐롤라이나에."

"농담 마."

"정말이야. 삼촌이 거기서 목재 야적장 사업을 하시는데 여름에 와서 일하라는 제의를 받았어. 보수도 좋고 생활비도 안 들어. 삼촌 집에서 묵을 거니까."

마이클은 진지했다. 정말로 노스캐롤라이나에 갈 계획이었던 것이다. "안 지 얼마나 됐어?"

"한 삼 주 정도."

나는 숨을 깊이 들이켰다. "나한텐 언제 말할 생각이었어?"

"오늘 밤에."

"하, 그러셨겠지……."

"정말이야."

"나더러 지금 그 말을 믿으라고?"

"정말이니까."

"어련하려고……."

"그러지 말고 내 말 좀 들어, 캐스. 지금까지 말을 안 한 건 혹시 이 근처에서 할 수 있는 다른 일자리가 생기지 않을까 하고 계속 기다렸기 때문이야……. 그리고 또 다른 이유는 되도록이면 여름 생각을 하고 싶지 않아서였어. 너와 함께 지낼 수 없는 여름은 상상만 해도 끔찍하니까……. 못 믿겠으면 아티한테 물어봐. 내가 오늘 밤에 말하려고 한 거, 아티는 알아……."

"이렇게 오랫동안 숨기질 말았어야지……. 솔직한 행동이 아니잖아."

"그래, 인정해. 내가 잘못 생각한 것 같아. 미안해……."

"노스캐롤라이나에 가는 건 누구 생각이었어?"

"누구 생각이었을 것 같아?"

"너희 부모님?"

"딩동댕!"

"우리 집이랑 똑같구나."

"우릴 떼어 놔 봤자 아무것도 변하지 않는다는 걸 곧 알게 되실 거야……. 그럼 더 이상 괴롭히지 않으시겠지."

나는 고개를 끄덕였다.

"이리 와, 캐스."

나는 허리를 굽혀 마이클에게 입을 맞췄다. "그래도 아직 6월 한 달이 온전히 남아 있으니까." 내가 말했다.

"그래……. 최대한 활용해야지."

"지금 당장?" 나는 그렇게 물으며 다시 한 번 마이클에게 키스

했다.

"지금 당장……."

하지만 랄프는 단단해지지 않았다. 내가 손으로 쥐고 있는데도 아무런 변화가 없었다.

"어떻게 된 거야?" 내가 물었다.

"나도 잘 모르겠어!" 마이클이 나를 밀어내며 돌아누웠다. "젠장. 하필이면 이것까지 마음대로 안 되다니……."

"괜찮아……. 아무것도 아닐 거야." 나는 마이클의 등을 부드럽게 어루만졌다. "편하게 생각해……. 별일 아니니까."

마이클은 다시 돌아누웠지만 랄프는 여전히 작고 힘이 없었다. 마이클이 내 손을 걷어 내며 화를 냈다. "이제 그만 좀 해. 오늘 밤엔 더 이상 소용없다는 거 보면 모르겠니?"

"그래, 됐어. 잊어버리자."

우리는 나란히 앉아서 각자 옷을 입었다. 여느 때와는 달리 웃지도, 대화를 나누지도 않았다. 나는 침대보를 벗긴 뒤 베갯잇 안에 집어넣었다.

에리카와 아티는 거실에 앉아 우리를 기다리고 있었다.

"준비됐어?" 마이클이 아티에게 물었다.

"응."

"그럼 이만 출발하자."

에리카는 의자에 앉아 정면만 응시하고 있었다. 에리카와 아티는 심지어 작별 인사조차 나누지 않았다.

마이클 역시 늘 하던 작별 키스 대신 그냥 "전화할게."라고만 말했다.

나도 간단히 "그래."라고 대답한 뒤 마이클을 현관까지만 배웅했다. 마이클이 아티에게 차 열쇠를 던지는 게 보였다. "오늘은 네가 운전 좀 해. 나 지금 머리가 깨질 것 같아."

내가 "아스피린 두 알 먹어!" 하고 소리쳤지만 마이클은 듣지 못한 것 같았다. 나는 문을 닫고 위층으로 올라갔다. 에리카는 침대에 엎드려 울고 있었다. "무슨 일이야?" 내가 물었다. 에리카가 우는 모습은 이제껏 본 적이 없었다. 렉스가 옆에서 에리카의 얼굴을 핥아 댔다.

"모든 게 다……. 더 이상은 견딜 수가 없어."

"에리카……."

"걔한테 내 인생의 오 개월을 바쳤어! 근데 도와줄 수가 없어, 캐스……. 아무 소용도 없다고……. 오늘 밤이 마지막이었어……. 이제 다시는 안 볼 거야."

"에리카, 진정해……. 지금은 너무 화가 나서 이러는 거고, 내일 아침에 일어나면 다시 괜찮아질 거야."

하지만 에리카는 내 말에 더 심하게 울 뿐이었다. 나는 화장지를 통째로 가져와 에리카 옆에 앉았다.

"아까 내 방 욕실에 들어가더니 문을 잠그고 안 나오는 거야. 그러면서 죽어 버리겠다고 협박을 하는데, 난 걔가 정말로 일을 칠까 봐 너무너무 무서웠어……. 너무너무……. 그래서 너랑 마이클을 부르러 내려갔는데…… 문을 두드리려는 순간 너희 소리를 들었어…….” 에리카의 흐느낌은 점점 더 거세졌다.

“에리카, 제발……. 진정 좀 해. 이런다고 뭐가 나아지는 것도 아니잖아.”

“그래서…….” 에리카가 말을 이었다. “다시 내 방으로 올라왔는데…… 아티가 옷을 입은 채로 침대에 멀쩡하게 앉아 있는 거야. 아무 일도 없었다는 듯이. 우리 둘 다 아무 말도 하지 않았어. 아주 오랫동안. 그러다 내가 먼저 입을 열었지. 다시는 보고 싶지 않다고. 그랬더니 날 똑바로 바라보며 이러더라. ‘그래, 에리카. 나도 이해해. 넌 정말 나한테 잘해 줬어. 많이 참아 줬고. 널 원망하는 일은 절대 없을 거야…….’ 무슨 연극의 한 장면처럼 말이야.”

“너희 둘 다 다시 생각이 바뀔 거야. 두고 봐.” 내가 말했다.

“아니, 끝났어……. 이해 못 하겠니……? 영원히 끝났다고……. 차라리 잘된 일인지도 몰라.”

마이클의 생일인 목요일 아침, 아티가 자기 방 욕실 샤워 커튼 봉에 목을 매 자살을 시도했다. 다행히 커튼 봉이 부러지면서 욕조로 떨어진 덕에 뇌진탕과 자상 그리고 타박상만을 입은 채 목숨은 건졌다. 아티는 오버룩 병원에서 상처를 꿰맨 뒤 프린스턴 근처에 있는 사설 정신 병원, 캐리어 클리닉으로 옮겨졌다.

마이클과 에리카는 둘 다 자기 탓을 해 댔다. 나는 아티가 진작부터 받았어야 할 전문적인 도움을 받게 됐으니 차라리 잘된 일이라고 위로했지만 두 사람 다 내 말을 믿지 않았다.

마이클은 토요일에 집에 갈 때 아티의 말을 귀담아들었어야 했다고 후회했다. "아티가 얘기를 하고 싶어 했어……. 근데 그걸 알면서도 그냥 모르는 척했어……. 내 문제에만 정신이 팔려서 집에 가는 내내 자는 척했다고. 제발 돌이킬 수만 있다면……. 그럼 이 번엔 진짜 녀석의 말에 귀 기울여 줄 텐데."

에리카는 모든 게 자기 잘못이라고 확신하고 있었다. 수요일 오후, 학교에서 돌아와 보니 아티가 집 앞에 차를 세우고 자기를 기다리고 있더란다. 그래서 에리카가, 토요일 밤에 말한 그대로라고, 인간으로서는 여전히 좋아하고 앞으로도 계속 좋아할 테지만 두 사람의 관계는 끝났으니 더 이상 찾아오지 말아 달라고 했단다. "그런 식으로 끝내는 게 아니었어." 에리카가 말했다. "내가 좀 더 기다려 줬어야 했어……."

우리 둘 다 생일이나 축하하고 있을 기분은 아니었지만 어쨌든 나는 준비한 선물을 마이클에게 주었다. "올해도 따뜻한 겨울이 될 수 있도록…… 우리가 함께할 수 있을 때까지."라고 쓴 카드와 함께. 카드 밑에는 "영원히, 캐스"라고 서명했다.

"정말 멋지다. 날마다 입을게." 마이클이 말했다.

다음 날 밤 마이클과 에리카는 곤드레만드레가 될 정도로 술을 마셨다. 우리는 셋이서 22번 도로에 있는 더 플레이그라운드라는 바에 갔다. 그러고는 바텐더에게 새 신분증을 휙 내보인 뒤 스크루드라이버(오렌지 주스와 보드카를 혼합한 칵테일—옮긴이)를 한 잔씩 주문했다. 하지만 바텐더가 에리카에게는 술을 못 주겠다고 해서 이번에도 운전 면허증과 함께 가방에 늘 넣어 가지고 다니는 출생증

명서를 보여 주어야 했다.

마이클과 에리카는 술이 나오자마자 단숨에 쭉 들이켠 뒤 곧장 두 번째 잔을 주문했다. 하지만 나는 아빠가 가르쳐 준 대로 술잔을 홀짝거리며 아주 천천히 마셨고, 첫 잔을 비운 뒤에는 진저에일(생강 맛을 첨가한 탄산음료—옮긴이)만 고집했다. 마이클과 에리카는 두 시간도 안 돼 석 잔을 더 마시더니 교가를 부르질 않나, 발작적으로 웃어 대지를 않나 정말 바보처럼 굴기 시작했다. 나는 더 이상은 안 되겠다 싶어 지금 당장 일어나지 않으면 혼자 집에 가 버리겠다고 위협했다.

두 사람을 차에 태우는 일은 또 다른 문제였다. 마이클도, 에리카도 혼자서는 걷지를 못했기 때문이다. 나를 도와준 그 친절한 남자애가 없었다면 우리는 아직도 그 바에 있을 게 뻔했다.

에리카는 주차장도 벗어나기 전에 속이 뒤집어지고 말았다. 우리는 일이 끝나길 기다렸다가 에리카를 부축해 자동차 뒷좌석에 태웠다. 마이클은 구석에 찌그러져 있었다. 나는 우리를 도와준 남자애한테 고맙다고 인사를 했다. "행운을 빌어." 남자애가 내게 말했다. 나는 손을 흔들었다. 고속도로를 탄 지 얼마 안 되었을 때 마이클이 에리카에게 와락 토를 하고 말았다. 하지만 에리카는 완전히 정신이 나가 무슨 일이 일어났는지조차 알아차리지 못했다.

나는 뭘 어떻게 해야 할지 몰라 두 사람을 데리고 그냥 우리 집으로 와 버렸다. 에리카와 마이클은 꼴도 냄새도 구역질이 올라오기 일보 직전이었는데, 엄마와 아빠는 싫은 소리 한마디 없이 그 둘을 도와줬다. 엄마는 에리카를 샤워기 밑으로 데려갔고, 아빠는 호스로 마이클과 차에 물을 뿌려 댔다. 나는 커피를 끓였다.

캠프 때문에 벌어진 말다툼 뒤로 나는 엄마, 아빠에게 아주 쌀쌀맞게 구는 중이었다. 하지만 내 친구들을 진심으로 걱정하며 도와주는 두 분을 보고 있자니 어리석은 짓을 저지르지 않은 게 참 다행이다 싶었다.

아빠는 마이클과 에리카네 집에 전화를 걸어 두 집 부모님께 상황을 설명했다. 우리는 마이클을 작은 방 침대에 눕히고 에리카는 내 방 침대에 눕혔다. 그러고 나서 나는 욕실로 가 변기에 주저앉아 울음을 터뜨리고 말았다.

졸업반 학생들 대부분이 오로지 이달만을 기다리며 살아왔다고
해도 과언이 아닌 6월. 삶의 한 단계가 끝나고 새로운 단계가 시작
되는 시간. 언젠가 소설책 겉표지에서 본 이 말에는 어느 정도 진
실이 담겨 있었다. 나만큼은 그런 기분에 휩쓸리지 않는다고 한다
면 그건 새빨간 거짓말이다.

나는 어제 이제껏 단 한 번도 해 본 적이 없는 짓을 저질렀다. 오
후 수업을 모두 빼먹은 것이다. 점심시간이 끝나자마자 마이클이
나를 데리러 왔다. 마이클의 부모님은 셰익스피어 축제를 보러 스
트랫퍼드에 가고 안 계셨다. 우리는 남은 반나절을 마이클의 침대
에서만 보냈다. 어제는 랄프도 말썽을 부리지 않았다. 마이클은 안

도하는 기색이 역력했다. 물론 나도 마찬가지였다. 왠지 내 탓이라는 생각이 들었기 때문이다.

마이클과 나는 우리 학교 졸업반 무도회에도, 마이클네 학교 무도회에도 가지 않았다. 원래는 아티와 에리카와 함께 어디든 하나는 가자고 얘기가 됐었다. 하지만 지금은 그럴 만한 분위기가 아니었다. 아티의 부모님이 마이클에게 전한 바에 따르면 아티가 졸업식에 맞춰 집에 돌아올 가망성은 전혀 없었다. 아티의 부모님은 마이클에게 짧고 기운 나는 편지를 써서 아티에게 좀 보내 달라는 부탁을 했다. 그러나 답장은 기대하지 말라고 했단다.

제이미는 엄마의 마흔 번째 생일을 맞아 특별한 케이크를 구웠다. 우리는 지난주에 케이크 시트를 만들어 냉동고에 숨겨 두었다가 오늘 학교에서 돌아오면 장식할 수 있도록 아침에 꺼내 놓았다. 제이미의 설탕 꽃 만드는 솜씨는 그 어느 제빵사보다도 훌륭했다. 우리는 또 돈을 모아 야자수처럼 생긴 크고 멋진 화초도 샀다. 내가 차를 몰고 화원에 가 화분을 가지고 오는 동안 제이미는 케이크에 마무리 장식을 했다. 왠지 이제부터는 모든 생일이 불편하게 느껴질 것만 같았다. 하지만 제이미를 도와 엄마의 생일 파티를 준비하는 동안은 좋은 것들만 생각하려고 노력했다.

할머니와 할아버지는 수표와 함께 꽃송이가 큰 장미 마흔 송이를 보냈는데, 우리 집 꽃병들을 모두 채울 만큼 많았다. 멋진 저녁 식사를 마친 뒤 제이미와 내가 생일 축하 노래를 부르며 케이크를 들고 나오자 엄마의 눈에는 눈물이 맺히고 말았다. 그러고 나서 우리는 엄마에게 화분을 건넸다. 엄마는 무척 좋아했다.

아빠의 공식 생일 선물은 엄마가 멕시코에 갔을 때 고른 굵은 은팔찌였다. 하지만 아빠는 그것 말고도 깜짝 선물 상자를 하나 더 건넸다. 안에는 분홍색과 주황색의 비키니 수영복이 들어 있었다. 엄마는 한바탕 웃음을 터뜨리며 아빠에게 입을 맞췄다. 그러고는 마흔이 되는 게 얼마나 근사한지 모르겠다고 말했다. 실제로는 하나도 나쁘지 않은데 어감이 훨씬 더 나쁜 것 같다며. 나는 아티를 떠올렸다. 아티가 이 말을 들었어야 하는데.

나중에 엄마는 새 비키니를 입고 우리에게 선보였다. 엄마가 내 방으로 들어오더니 물었다. "캐스, 너 솔직히 말해야 해……. 내 허벅지 어떠니? 좀 늘어진 것 같지 않아?"

내가 대답했다. "아니. 절대 아니야."

"그럼 이건 뭔데?" 엄마가 살을 눌러 잡으며 물었다.

나는 차마 군살이라는 말은 못 하고 그냥 얼버무렸다.

"아유, 그건 운동하면 빠져. 내가 운동법 가르쳐 줄게."

"그래, 어쩜 나중에 정말로 가르쳐 달라고 할지도 몰라. 그리고 캐스, 멋진 생일 파티 고마워."

"언제든 또 해 줄게." 내가 대답했다.

그날 밤 11시 반에 전화벨이 울렸다. 우리 집에는 그렇게 늦은 시간에 전화가 오는 법이 없었다. 엄마와 아빠가 일찍 잠자리에 든다는 사실을 모르는 사람이 없었기 때문이다. 아빠의 목소리가 들렸다. "……잠깐만 기다려라. 한번 들여다볼게."

아빠가 내 방문 앞으로 왔다. "자니?" 아빠가 물었다.

"졸고 있었어요. 누구예요?"

"에리카다."

"이 시간에요?"

"중요한 일이라는구나."

"네……. 그럼 아래층에 내려가서 받을게요."

나는 하품을 하며 부엌에 있는 전화 수화기를 들었다. "여보세요……."

"시빌이 딸을 낳았어!"

나는 잠이 확 달아났다. "정말? 언제?"

"오늘 밤에. 걔네 엄마가 방금 우리 집에 전화했어. 아기는 2.7킬로그램이래."

"하지만 아직 6월 중순밖에 안 됐잖아."

"알아. 예정보다 이 주 일찍 태어났대."

"시빌은? 괜찮대?"

"응, 건강한가 봐. 아기도 건강하고."

"잘됐다."

"그렇지. 그럼 내일 봐."

에리카와 나는 시빌을 보러 병원에 갔다. 우리는 시빌의 병실로 가기 전에 신생아실부터 잠깐 들렀다. 아기들은 커다란 유리창을 통해 하루에 두 번, 오후와 저녁 방문 시간에 볼 수 있었다. 시빌의 아기는 깊이 잠들어 있었는데 새까만 머리숱이 아주 많았다.

"어떤 것 같아?" 에리카가 물었다.

"너무 작다."

"아기들은 다 그래."

"응……. 그럴 것 같아."

"시빌 닮은 것 같니?" 에리카가 물었다.

"글쎄……. 아직은 이목구비가 완전하질 않아서 잘 모르겠어. 최소한 몇 달은 지나야지."

"맞아. 갓 태어난 아기들은 죄다 쭈글쭈글하니 좀 못생겼어."

"그게 네 애면 생각이 좀 다를걸?" 내가 말했다.

"넌 아기가 생기면 저절로 사랑하게 될 것 같니?"

"글쎄, 잘은 모르겠지만…… 누군가를 사랑할 때처럼 아기를 사랑하는 법도 먼저 배워야 할 것 같아."

우리는 시빌에게 데이지 꽃다발을 가져다주었다. 나는 병원에서 일할 때 하는 것처럼 일회용 꽃병을 가져와 꽃을 꽂았다. 에리카가 미리 전화를 해 우리가 가도 좋은지 확인했기 때문에 시빌은 우리를 기다리고 있었다.

"어, 왔구나." 시빌이 인사를 건넸다. 그러더니 우리 둘이 미처 무슨 말을 꺼내기도 전에 속사포처럼 다음 말을 이었다. "너희들도 알고 있는 게 좋을 것 같아서 말인데, 별거 아니더라. 왜, 영화 보면 분만실에서 여자들이 죄다 비명 지르잖아. 그거 다 엉터리야. 되게 쉬워. 그냥 힘만 계속 주면 애가 툭 나와. 솔직히 말하면 내가 애를 어떻게 낳았는지도 거의 다 잊어버렸어. 옆에 잘생긴 남자가 서 있다가 진통이 심해질 때마다 가스(분만 시 진통을 덜어 주는, 인체에 무해한 아산화질소—옮긴이)를 한 번씩 분사해 줬던 기억 말고는……. 아기 봤니? 예쁘지? 아우, 내 정신 좀 봐. 데이지 고마워. 내가 굉장히 좋아하는 꽃이야. 너희도 알지? 오늘 저녁이 내 졸업식이잖아. 꼭 가려고 했는데……. 하지만 자연의 섭리에는 저항할 수가 없지. 졸업장은 우편으로 받기로 했어. 아 참, 나 20킬로그램쯤 뺀 다음에 스미스 대학에 가기로 했어. 말했던가?"

시빌이 잠깐 숨을 돌리는 사이, 나와 에리카는 서로를 멀뚱멀뚱 바라보기만 했다.

"이제 다시 임신되지 않게 자궁 내 피임 기구 쓰려고. 섹스를 포기할 생각은 없으니까……. 하지만 다음에 또 애가 생기면 그때는 꼭 내가 키울 거야……. 너희도 걔 머리숱 많은 거 봤니? 우리 엄마 말로는 어차피 지금 머리카락은 다 빠지고 나중에 완전히 다른 머리카락이 날 거래." 시빌이 한숨을 쉬더니 이내 우리를 보며 생긋 웃었다. "와 줘서 고마워. 너희들 보니까 좋다. 이따가 마이클

보러 졸업식에 갈 거니?" 시빌이 나를 쳐다보며 물었다.

"응."

"그럼 내 이름 호명되는 것도 듣겠구나."

"네 이름 부르면 내가 박수 쳐 줄게. 그럼 됐지?"

"그래……. 그리고 아티 이름 호명될 때도." 시빌이 그렇게 말하더니 곧 에리카를 올려다보며 고개를 저었다. "미안해."

"됐어. 괜찮아."

"지금 아티가 있는 곳보다야 여기가 훨씬 낫지." 시빌이 중얼거렸다.

"언제 퇴원하니?" 에리카가 물었다.

"모레. 하지만 퇴원하고 나서도 한두 주 정도는 쉬어야 할 것 같아."

"우리랑 같이 바닷가에 가면 어떠니……."

"그래, 생각해 볼게. 아기는 양부모가 금요일에 데려가기로 했어. 잘 살면 좋겠어……." 시빌이 휴지를 뽑더니 팽, 하고 코를 풀었다. 나는 시빌이 울지 않기를 바랐다. 내 목구멍에는 벌써 뜨뜻한 덩어리가 울컥 올라와 있었다.

"아이를 간절히 바라는 사람들이니까 잘 키울 것 같긴 해. 안 그러니?"

"그럼." 에리카가 고개를 끄덕였다. "이게 최선의 방법이야."

"아무리 따져 봐도 난 애를 키울 형편이 안 되는 것 같았어…….

그럼 그건 아기한테도 불공평하잖아……."

"그래, 결정 잘했어." 나는 그렇게 말하면서 시빌이 왜 진작 이런 일들에 대해 생각해 보지 않았나 싶었다.

"너 요즘 마이클이랑 자니?" 시빌이 내게 갑작스러운 질문을 던졌다.

"너무 개인적인 질문 아니니?" 내가 대꾸했다.

시빌이 고개를 끄덕였다. "낙태할 수도 있었어. 하지만 아이를 낳아 보고 싶더라고."

"낙태를 할 수 있었든 해야 했든…… 이젠 중요하지 않아. 어차피 끝난 일이잖아." 에리카가 말했다.

"아까 아기 한 번만 더 봐도 되느냐고 물어봤거든." 시빌의 표정이 환해졌다. "그랬더니 의사가 오늘 저녁에 직접 수유해도 좋다고 하는 거 있지! 휴, 아기 양부모가 이름을 제니퍼라고 지어 주면 좋겠는데……."

아름답고 청명한 밤이었다. 마이클의 졸업식은 야외에서 열렸다. 나는 섀런과 아이크의 옆자리에 앉았고, 마침내 마이클의 부모님을 만났다. 마이클의 엄마가 내 손을 잡으며 "아유, 드디어 보는구나. 그래, 얘기 많이 들었다."라고 말했다. 마이클의 엄마는 붉은 머리에 눈 화장을 했고, 얼굴에는 주근깨가 있었다.

마이클의 아버지는 "네가 캐서린이구나."라고 말했다.

나는 그냥 "네."라고 대답했다.

마이클의 아버지는 술배가 나왔고 백발이 성성했다. 그리고 목소리가 디제이처럼 깊고 그윽했다.

나는 시빌의 이름이 호명되는 순간, 그리고 사실은 호명되었어야 할 아티의 이름이 호명되지 않는 순간 목이 콱 메고 말았다. 마이클이 졸업장을 받는 순간에도 또다시 목구멍이 조여 왔다. 나는 섀런과 아이크가 이상하게 생각할까 봐 눈에 뭐가 들어간 것처럼 계속 눈을 만지작거렸다.

졸업식이 끝나고 마이클의 집 뒷마당에서 파티가 열렸다. 친척들을 모두 초대해 자유롭게 즐기는 일종의 오픈 하우스 파티였다. 마이클의 엄마는 모든 사람들에게 나를 '마이클의 고등학교 친구'라고 소개했다. 나는 별로 개의치 않았다. 굳이 뭐라고 하고 싶지 않았다.

섀런이 내게 샴페인 잔을 건넸다. "이번 여름에 테니스 가르친다며?"

"그냥 보조 교사예요."

"재미있겠다. 나도 한동안 훌쩍 떠나고 싶어 죽겠어."

"탐사 여행 가기로 하셨잖아요?"

"못 가게 됐어. 지금은 일이 많아서 도저히 자리를 비울 수가 없거든."

"속상하시겠어요."

"기회가 또 있겠지, 뭐."

나는 샴페인을 홀짝거렸다. 톡 쏘는 탄산 거품이 코로 올라왔다.

아이크가 말을 걸었다. "머리 그렇게 하니까 예쁜데?"

"전에도 늘 이랬는데요?" 내가 대꾸했다.

"이런. 내가 못 알아봤던 거구나." 우리는 마이클의 엄마가 들고 다니는 쟁반에서 작은 블랭킷 핫도그(소시지에 크루아상 반죽을 감아 오 븐에서 구워 낸 핫도그—옮긴이)를 하나씩 집었다. "너도 이번에 졸업 하지?" 아이크가 다른 질문을 던졌다.

"네, 목요일 저녁에요." 핫도그가 어찌나 뜨겁던지 나는 입을 반 쯤 벌린 채 대답해야 했다.

"미리 축하할게."

"고맙습니다."

섀런이 자리를 뜨자 이번에는 마이클의 삼촌들 가운데 한 명이 우리 쪽으로 다가와 말을 걸었다. "넌 덴버에 가기로 했다며?"

나는 고개를 끄덕인 뒤 샴페인 잔을 비웠다.

"아주 멋진 도시지. 화창하고 공기도 맑고……."

"그럼 난 이만 가 볼게." 아이크가 날 혼자 두고 가 버렸다.

"아주 재밌을 게다."

"네, 그럴 것 같아요. 근데 혹시 노스캐롤라이나에서 오셨어 요?"

"아니. 걘 내 동생 스티븐이야."

"아, 네……." 나는 마이클이 어디 있나 하고 주위를 두리번거 렸다.

마이클의 삼촌이 이 사이에서 뭘 빼내더니 잠시 들여다보다가 손가락을 튕겨 휙 날려 버렸다. "어디, 네 인생 계획 좀 들어 보자꾸나. 넌 뭘 하고 싶니?"

"뭘 하고 싶으냐고요?" 내가 되물었다.

"그래. 생각해 본 적 있을 거 아니니, 안 그래?"

"물론이죠."

"자, 그럼 어서 얘기 좀 해 봐."

"전 행복해지고 싶어요." 내가 말했다. "그리고 다른 사람들도
행복하게 해 주고 싶고요."

"아주 멋지구나. 하지만 그것만으로는 부족해."

"지금 제가 아는 건 그게 다예요." 나는 돌아서서 그 자리를 떠
나 버렸다.

마이클과 함께 집에 돌아와 보니 엄마와 아빠는 벌써 주무시고
계셨다. 우리는 작은 방으로 가 문을 잠근 뒤 옷을 벗고 서로를 꼭
끌어안았다.

"우리 저기 양탄자 위에 눕지 않을래?" 내가 물었다.

마이클이 양탄자를 바라보았다. 우리는 어느새 푹신한 소파에
익숙해져 있었다.

"옛 추억을 위해서……."

"좋아. 뭐, 안 될 거 없지." 마이클이 말했다.

우리는 양탄자 위에 길게 드러누워 입을 맞추기 시작했다. "여
기에 처음 누웠던 밤 기억나? 벽난로랑……."

"에리카하고 아티는 다른 방에 있었고……." 마이클이 속삭였다.

"맞아. 너희가 가고 난 다음에 에리카는 위층으로 올라갔고, 난 여기 잠시 혼자 앉아 생각에 잠겼었어. 이건 아주 특별한 양탄자라고, 우리들의 양탄자라고……." 나는 마이클의 귓가를 혀로 가볍게 핥으며 귀에 입을 맞추기 시작했다. 그리고 목과 가슴과 배로 차차 내려가는 동안 마이클의 온몸을 어루만졌다.

"너, 오늘 밤에는 굉장히 적극적이다……?"

마이클이 그렇게 말하기까지는 한 번도 그런 생각을 해 본 적이 없었기에 나는 스스로에게 놀라고 말았다. "싫으니?"

"아니, 좋아."

나는 마이클의 위에 엎드렸다. 랄프가 배에 닿았다. "우리, 이렇게 한번 해 보지 않을래?" 내가 속삭였다.

"네가 원한다면 뭐든 다 좋아." 마이클이 말했다.

나는 다리를 벌리고 앉아 랄프가 제대로 된 각도를 찾도록 도와주었다. 드디어 랄프가 내 안으로 들어왔다. 나는 서서히 움직이기 시작했다. 허리를 돌리며 위아래로 나 자신을 더 이상 통제하지 못할 때까지 계속 움직였다. "아, 마이클……. 아아…… 지금…… 지금……." 나는 이내 절정에 다다르고 말았다. 마이클보다 빨랐다. 하지만 나는 마이클의 입에서 신음 소리가 새어 나올 때까지 계속해서 움직였다. 그리고 마이클이 최고점을 찍는 순간 나 역시 다시 한 번 오르가슴을 느꼈다. 다른 것은 아무래도 좋았다. 그 순간에는 그저 황홀하다는 느낌뿐이었다.

"졸업 축하해……." 나는 그렇게 말하며 웃음을 터뜨렸다. 얼마 뒤 우리는 서로의 품에 안긴 채 가만히 누워 있었다. 문득 사람을 사랑하는 데는 참 다양한 방법이 있다는 생각이 들었다. 늘 이래야만 해―영원히.

우리 학교 졸업식은 막판에 실내 졸업식으로 바뀌었다. 천둥 번개를 동반한 어마어마한 장대비가 4시 반부터 시작되더니 몇 시간 동안 오락가락했기 때문이다. 졸업생 한 사람당 실내 졸업식 입장권이 두 장씩 배당되었다. 결국 마이클은 제이미, 할머니, 할아버지와 함께 집에서 기다려야 했고, 덕분에 학사모를 쓰고 가운을 입은 내 모습을 놓치고 말았다.

우리 집에서도 파티가 열렸다. 식탁은 샌드위치와 신선한 과일, 초대형 졸업 축하 케이크로 풍성했다.

다음 날 아침, 마이클과 나는 롱비치 아일랜드에 갔다. 러브레이디스 하버에 있는 에리카의 집에 초대를 받았기 때문이다. 그곳은 웨스트필드에서 공원 도로를 타고 약 두 시간쯤 곧장 내려가기만 하면 됐다. 우리는 번갈아 가면서 운전했다.

에리카의 집은 바닷가에 기둥을 세우고 지은 일종의 수상 가옥이었다. 밖에서 보면 상자 세 개가 나란히 서 있는 것처럼 보이는데 큰 상자를 사이에 두고 그보다 작은 상자 두 개가 양옆에 한 개씩 붙어 있는 모양이었다. 바다를 향한 벽면은 온통 유리로 되어 있었다. 하얀 타일이 깔린 커다란 거실에는 초록색 방석과 쿠션으로 장식된 하얀색 라탄 소파가 놓여 있었다. 양쪽 날개 건물에는 각각 침실 두 개와 욕실이 갖추어져 있었다. 한쪽 날개 건물은 온전히 에리카의 부모님 차지였고, 에리카의 방은 다른 쪽 날개에 있었다. 나는 에리카의 방에서 자고, 마이클은 에리카의 건너편 방을 사용하기로 했다. 우리 누구도 아티의 이름을 입에 올리지 않았다. 넷이 같이 올 생각으로 아주 오래전부터 이번 주말을 계획했다는 사실에 대해서도 침묵을 지켰다.

점심을 먹은 뒤 우리는 축구공을 주거니 받거니 하며 바닷가를 걸어 다녔다. 에리카는 그곳에서 여름을 보내고 있는 아이들을 일일이 소개해 주었다. 에리카와는 다들 오래전부터 알고 지내는 사이였다. 몇 킬로미터 떨어진 하비 시더스에 서핑 해안이 있었다. 우리는 파도를 타려고 애쓰는 아이들을 바라보며 그곳에 잠시 앉아 있었다. 그 애들의 서핑 보드를 빌려 폼을 잡다가 필름 한 통을 다 써 버리기도 했다.

그날 밤, 날이 어두워지자 낮에 만났던 아이들 대부분이 에리카의 집으로 찾아왔다. 한 여자애는 기타를 가져와 우리를 위해 노래를 불렀다. 마리화나를 피우는 애들도 있었지만 내가 싫다고 했기 때문에 마이클은 그냥 맥주만 조금 마셨다. 아이들이 집으로 돌아가자 에리카는 자러 갔고, 나와 마이클은 침낭을 들고 바닷가로 나와 사랑을 나누었다. 잠에서 깨어 보니 벌써 새벽이 되어 있었다. 우리는 떠오르는 태양을 함께 바라보았다.

그리고 나흘 뒤, 나와 제이미는 캠프로 출발했다.

6월 26일, 수요일

마이클에게

나 지금 캠프야! 오늘 버스를 탔는데 완전 끔찍했어. 에어컨이 한시간 만에 나가 버리는 바람에 그때부터 완전 찜통이었거든. 게다가 어떤 애가 통로에 토까지 한 거 있지? 결국 버스를 세우고 인솔 교사들이 그걸 다 치울 때까지 다들 밖에서 기다려야 했어. 문제는 나도 인솔 교사에 속한다는 거지!

캠프 참가자는 모두 일흔다섯 명이야. 열두 살에서 열다섯 살 사이. 다들 제이미처럼 음악이나 미술에 재능이 있는 아이들이야. 두가지 다 잘하는 아이들도 있고. 캠프에서 하는 운동 중에 경기 규정이 있는 종목은 테니스밖에 없어. 아, 물에서 하는 운동은 빼고. 정식 테니스 교사 이름은 테오야. 날 보자마자 초보자들을 맡으라고 하더군.

여자애들은 크고 오래된 저택에 묵고, 남자애들은 헛간을 개조한 기숙사에 묵어. 그리고 교사 열다섯 명은 여기저기 나눠서 배치됐고. 난 저택 안에 있는 방을 받았는데 룸메이트는 시애틀에서 왔대. 직물 짜기 전문이고 이름은 앤젤라야. 앤젤라는 몸에 난 털 제모하는 거 결사반대래. 그리고 데오도런트 향보다 자연적인 체취가 더 좋다고 생각해. 걔 냄새가 어떠냐고는 묻지 말아 줘!!!

우리가 도착하자마자 캠프 책임자 폭시 선생님이 교사 회의를 소집해서 마약에 대한 일장 연설을 하셨어. 마약은 물론 금지지. 내가 아는 한 그게 이곳의 유일한 규칙이야.

솔직히 말하면 내가 지금 여기서 뭘 하는 건지 모르겠어. 너랑 함께 있고 싶어. 49일만 참으면 같이 있을 수 있으니까, 그때까지 죽지 않고 살아 있기를 바랄 수밖에.

영원히 사랑해,
캐스

6월 28일, 금요일 밤

캐스에게

네 편지 방금 받았어. 여덟 번이나 읽었지. 앤젤라 대신 내가 너랑 한방을 쓰면 소원이 없겠다. 너도 알다시피 난 데오도런트도 많 잖아. 여기는 엄청 더워. 아마 넌 상상도 못 할걸. 숨 쉬기가 힘들 정도거든. 오늘 비행기 표를 받아 왔어. 수요일 밤에 출발할 거야. 어제는 우연히 에리카를 만났어. 로버트 트리트 델리에 샌드위치 사 러 갔는데 에리카도 똑같은 거 주문하고 있더라. 하고 싶은 말은 많 은데 막상 글로 쓰려니 잘 못 쓰겠다. 네가 여기 있으면 다 말해 줄 텐데. 하지만 너도 내 마음 알지?

보고 싶어, 아주 많이!

영원히,

마이클

추신: 랄프도 너 보고 싶대.

7월 1일, 월요일

마이클에게

네가 노스캐롤라이나로 떠나기 전에 이 편지가 도착해야 할 텐데. 여긴 하루 종일 비가 오고 있어. 오늘 아침에는 현대 무용을 맡았 어. 남녀 합반이었는데 춤들을 꽤 추더라고. 정말 깜짝 놀랐지 뭐야. 오후 내내 자고 일어났더니 지금은 훨씬 가뿐해. 왜 그런지 모르겠는 데 여기 온 뒤로 늘 너무 피곤해. 우리가 못 본 지 오늘이 벌써 8일 째라는 사실 아니? 사실 이런 생각 안 하려고 노력은 엄청 해. 생각 하면 할수록 점점 더 보고 싶어지기만 하니까. 내 침대 위 벽은 네 사진으로 완전히 도배되다시피 했어. 앤젤라가 사진을 보더니 너 되게 자연스럽게 생겼대. 칭찬이지 싶어서 평소엔 머리 염색하고 아이 섀도까지 칠하고 다닌다는 말은 안 했어. 하하.

어제는 수상 스키를 타다가 호수 중간에 빠지는 바람에 수영복을 잃어버릴 뻔했지 뭐야. 보트에 케리밖에 없었던 게 다행이지. 케리는 호주에서 왔는데 남편이랑 수상 스포츠를 담당하고 있어. 남편이름은 포야.

제이미가 안부 전해 달래.

노스캐롤라이나까지 잘 가고 비행기 안에서 낯선 사람, 특히 여자랑 절대 얘기하지 않기. 내가 널 얼마나 사랑하는지 알지? 잊어버리면 안 돼! 보고 싶어, 이루 말로 다 표현할 수 없을 만큼.

너의 영원한

캐스

7월 2일, 화요일 밤

캐스에게

나 지금 완전 흥분! 『더 리더』에서 사설을 썼는데 다음 주에 실어 주겠대. 고등학교 졸업생들의 생활에 대해서 썼거든. 나오면 너한테도 한 부 부쳐 줄게. 내일 밤엔 다시 통비치에 갈 거야. 독립 기념일 주말 보내고 오려고. 시빌도 같이 가기로 했어.

며칠 전에 로버트 트리트에 갔다가 우연히 마이클 만났다? 그리고 오늘은 프렌들리스에서 아예 약속을 해서 만났고. 같이 아이스크림 먹으면서 네 얘기 했어. 짐도 다 싸고 갈 준비 끝났다더라. 작별 키스는 내가 너 대신 해 줬으니까 걱정 마. 물론 완전 플라토닉하게 뺨에다가. 너희 둘 다 벌써부터 너무 그립다.

아 참, 아티 병원 주소 동봉할게. 네가 물어봤다고 마이클이 그러더라. 아티랑 처음부터 다시 시작할 수 있으면 좋겠어. 그럼 지난번 같은 실수는 저지르지 않을 것 같아. 그래 뭐, 우리 엄마 말대로 사람은 경험을 통해 성장하는 건지도 모르겠어. 그 말이 사실이길 바라야지.

재미있게 잘 지내고.

사랑해,
에리카

7월 2일

엄마, 아빠 보세요.

전 이제 어느 정도 캠프에 적응하고 있어요. 같이 일하는 동료들은 대부분 아주 친절해요. 제가 제일 좋아하는 친구는 사진반을 담당하고 있는 낸이에요. 테니스반을 담당하는 테오는 절 자꾸 캣이라고 불러요. 아무도 날 그렇게 부르지 않는다고 최소한 백만 번은 얘기했는데도 말이에요. 아 참, 그리고 할머니한테서 편지 받았어요. 다음 주에 할아버지랑 같이 마서스 빈야드 섬에 가실 거라고 하시던데……. 전 전혀 모르고 있었어요. 제이미가 새 남자 친구 생겼다고 편지 썼어요? 이름은 스튜어트예요. 제이미가 아직 말 안 했으면 그냥 모르는 척하세요. 제이미가 알았다간 절 죽이려고 들 거예요! 스튜어트는 오보에를 연주하고, 아직 치아 교정 중이에요. 교정기를 끼고도 그런 악기를 연주할 수 있는 줄 미처 몰랐어요. 연주 솜씨가 아주 뛰어나요.

어제저녁에 폭시 선생님이 특별 교사 회의를 소집해 우리 캠프의 목적은 우정이지 섹스가 아니라고 말씀하셨어요! 하지만 제이미 걱정은 마세요. 제가 잘 감시하고 있으니까요. 그리고 무엇보다도 스튜어트가 제이미보다는 오보에에 더 관심이 많아요.

그럼 캠프 참관일에 뵐게요.

사랑해요,

캐스

7월 3일, 수요일

캐스에게

나 지금 공항에 앉아서 비행기 탑승 시간 기다리고 있어. 낯선 여자애들은 걱정 마. 나 걔네들 무서워하잖아! 앗, 지금 막 탑승하라는 방송이 나왔어. 그만 가 봐야 할 것 같아. 사랑해. 그리고 나도 세고 있어, 앞으로 42일.

너의 영원한

마이클

추신: 아, 그리고 그 수영복 말인데, 나 갈 때까지는 계속 입고 있어.

7월 4일, 목요일

아티에게

난 지금 내 동생 제이미가 참가한 뉴햄프셔 캠프에 보조 테니스 교사로 와 있어. 그럭저럭 괜찮은 일이야. 근처에 호수가 있는데 물은 좀 차지만 굉장히 아름다워. 잘 지내고, 항상 네 생각 하고 있다는 말 하려고 몇 자 적어 보낸다. 그럼 이만.

네 친구
캐스가

7월 5일, 금요일

에리카에게

이 편지 받아 볼 때쯤이면 롱비치에서 돌아와 있겠지? 주말은 어땠어? 잘 보냈니? 난 네가 근사한 애 만나서 아티 생각 좀 떨쳐 버리길 바라고 있어. 영원히 자책만 하고 있을 순 없잖아. 무슨 일이 있어도 대학 가기 전에 섹스를 하고야 말겠다던 네 맹세 기억하니? 요즘 그 생각을 하다가 지금 너한테 필요한 게 바로 그거라는 결론을 내렸어. 정말이야. 나, 진심이 아닌 말은 입 밖에도 안 내는 거 너도 알잖아.

그나저나 네가 내 몰골을 한번 봐야 하는데. 나 완전 난리 났어. 코랑 이마의 피부가 벗어지는데 장난 아니야. 이번 화요일부터 너무 너무 더워졌거든. 그런데 하루에 네 시간씩 코트에서 뙤약볕을 쬐고 있으니…… 그래도 차라리 밤 시간보다는 나아. 낮에는 다른 생각할 겨를이 없으니까. 밤은 정말 끔찍해. 마이클 생각도, 그리고 못 본 지 너무 오래됐다는 생각도 될 수 있으면 안 하려고는 하는데, 나로서는 그 모든 게 너무나 힘들어. 넌 아마 상상도 못 할 거야. 완전 고문이야.

하지만 좋은 소식도 있어! 나랑 같은 방 쓰던 앤젤라 알지? 냄새 난다는 애 말이야. 걔 도예반 교사 잭이랑 합쳤어. 잭은 우리 캠프 안에 아예 헛간 같은 집이 하나 있거든. 덕분에 난 독방을 쓰게 됐지.

내가 가르치는 아이들은 대부분 괜찮아. 열다섯 살짜리 여자애 하나만 빼고. 걘 정말 나한테 미운털이 박혀도 단단히 박혔어. 마샤라는 앤데 다들 하는 말로는 발레를 굉장히 잘한다더라고. 하지만 난 아직 한 번도 못 봤어. 왜냐…… 테오 때문에 테니스 코트에서 얼쩡대느라 우리 마샤 양께서 너무 바쁘시거든. 요즘 애들, 우리 열다섯 살 때랑은 비교도 안 돼. 진짜 시대가 변했다니까…… 물론 좋은 쪽으로 말고. 제이미는 이 년 뒤에 안 그랬으면 좋겠어.

테오의 장점은…… 유치한 여자애들이 무슨 난리 블루스를 추건 별로 관심을 보이지 않는다는 거야. 원래 자기 얘기를 별로 안 해.

그런데 내 친구 낸 알지? 걔 말에 의하면 나이는 스물한 살이고, 노스웨스턴 대학 4학년이래. 낸은 남자애들 근처에만 가도 엄청 수줍어해. 하지만 내가 그 두 사람을 어떻게 좀 엮어 볼 생각이야. 처음 생각했던 것만큼 나쁜 사람은 아닌 것 같거든. 테오 말이야.

이제 저녁 먹으러 가야겠다. 또 쓸게.

사랑해,

캐스

7월 9일, 화요일

보고 싶은 캐스에게,

롱비치에서는 아주 즐거웠어. 날씨도 완벽했고. 시빌도 같이 갔었단 얘기 했지? 시빌은 지금 또 다이어트 중이야. 물론 이번엔 의사의 동의를 받았지. 아기에 대해서는 말하고 싶어 하질 않아. 이번에는 감당할 수 있는 정도를 좀 넘어섰지 싶어.

아 참, 그리고 네 제안 고마워. 나도 생각을 많이 해 봤는데 단순히 섹스를 위한 섹스는 하고 싶지 않다는 결론을 내렸어. 나도 너랑 마이클처럼 특별하게 경험하고 싶어. 그래서 기다릴 생각이야.

테오와 낸은 좋은 애들 같아. 너한테 친구가 생겨서 다행이야. 친구들이랑 지내다 보면 시간이 좀 빨리 갈 테니까.

사랑해,

에리카

7월 11일, 목요일

캐스에게,

편지 고맙다. 네 편지, 아빠랑 같이 아주 재미있게 읽었어. 캠프에 적응하고 있다는 소식에 우리 둘 다 무척 기뻐했단다. 여긴 굉장히 더워. 어제는 도서관 에어컨이 고장 나서 문을 일찍 닫을 수밖에 없었지.

혹시 뭐 필요한 거 있니? 있으면 알려 줄래? 참관일에 갈 때 가지고 갈게. 너도 제이미도 어서 만나 보고 싶구나. 할머니랑 할아버지는 열흘 일정으로 마서스 빈야드에 가셨단다. 얼마 전에 에리카가 인사한다고 도서관에 잠깐 들렀더라. 자, 그럼 오늘은 이만.

사랑한다,

엄마가

23

캠프에 참가한 학생들은 매일 밤 10시에 자기 방에 돌아와 있어야 했다. 인원 파악이 끝나면 교사들은 편안한 소파가 있는 작은 오두막에 모여 휴식을 취했다. 나도 보통 그곳에서 편지를 썼다.

무슨 말을 쓸까 고민하며 눈을 들면 가끔씩 나를 바라보고 있는 테오가 보였다. 그럴 때마다 정작 본인은 가만히 있는데 오히려 내가 당황해 고개를 돌리곤 했다. 테오의 눈은 밝은 초록색이었다. 낸이 들여다볼 때마다 녹아내리는 것 같다고 말한 눈이었다. 머리카락은 갈색이었는데 얼굴을 길게 덮었다. 테니스 코트에서는 공을 잘 볼 수 있도록 머리띠를 했다. 콧수염을 길렀고 셔츠를 입는 적이 거의 없었기 때문에 피부는 등, 가슴 할 것 없이 아주 짙은 구릿빛이었다.

며칠 전 테오와 낸과 함께 부두에 갔을 때였다. 테오가 양말과 운동화를 벗는 순간 발이 어찌나 하얗던지 나는 그만 웃음을 터뜨리고 말았다. 약이 오른 테오가 나를 번쩍 들어 올리더니 호수에 집어 던졌다. 셔츠와 청바지 차림이었던지라 나는 정말 테오를 죽여 버리고 싶었다.

사실 테오는 처음 봤을 때 생각했던 것처럼 그렇게 잘난 척하는 사람은 아니었다. 학생들을 가르칠 때도 인내심이 많았고, 심지어는 내 경기 능력이 향상될 수 있도록 도와주기도 했다. 우리는 가끔씩 저녁 식사를 끝내고 테니스를 한두 게임씩 쳤다. 테오는 우리 캠프에서 운동다운 운동을 할 수 있게 해 주는 상대가 나뿐이라고 했다.

캠프에 온 첫째 주 어느 날 밤이었는데, 테오가 다가오더니 내 목걸이를 가리키며 "뭐라고 적힌 거니?" 하고 물었다.

"여기 이거?" 내가 동그란 펜던트를 들어 올리며 되물었다.

"응."

"한쪽에는 '캐서린', 다른 한쪽에는 '마이클'."

"네가 늘 편지 쓰는 친구?"

"응."

"잠깐 봐도 돼?"

"당연하지."

테오가 내 앞으로 바짝 다가오더니 펜던트를 손에 쥐었다. 그러고는 캐서린이라고 적힌 쪽을 먼저 들여다본 뒤 펜던트를 뒤집었다. "여기 '영원히'라는 말은 무슨 뜻이야?"

"무슨 뜻 같아?" 내가 물었다.

"너 같은 어린애한테는 영원이란 시간이 엄청 길 텐데?"

"미안하지만 나 어린애 아니거든? 우연찮게도 열여덟 살이나 먹었어."

"축하해." 테오가 말했다.

나는 그 말을 듣자마자 바로 캣이라고 부르지 말아 달라고 요구했다.

테오의 대답은 이랬다. "너무 늦었어. 벌써 입에 붙어 버려서. 너한테 어울리기도 하고."

이제 난 캠프에서 아예 캣으로 통했다. 하지만 처음만큼 귀에 거슬리지는 않았다.

마이클에게서 편지를 받았다.

캐스에게

이곳 생활도 이제 슬슬 자리가 잡혀 가고 있어. 사촌 대니가 여행을 가서 방도 혼자 써. 대니 밑으로 열세 살짜리 쌍둥이 여자애들이 있는데 볼 때마다 제이미가 생각나. 제이미한테도 인사 전해 줘. 내 나무 쌓는 실력은 점점 향상되고 있어. 곧 일류 기사가 될 것 같아.

다음 주에는 톱 작업이야. 장족의 발전이라고 할 수 있지! 매일 밤 생각하고 있어. 밤새도록.

영원한 사랑을 전하며,
마이클

마이클에게

톱 조심해! 네 손 다치는 거 싫단 말이야. 내가 걔네들을 얼마나 사랑하는데.(물론 뭐, 다른 신체 부위들도 나쁘진 않아.) 하하.

사랑해. 영원히,
캐스

교사들은 일주일에 짧은 휴가 두 번, 긴 야간 휴가 한 번을 쓸 수 있었다. 긴 야간 휴가란 학생들의 저녁 활동 때 어슬렁거릴 필요가 없다는 뜻이다. 저녁 숟가락을 내려놓자마자 캠프를 떠나서 다음 날 아침까지 입소 보고를 할 필요가 없었다.

이번 주에는 테오가 나와 낸에게 라코니아에 영화를 보러 가지 않겠느냐고 물었다. 테오는 차가 있고 우리는 없는 관계로 우리의 대답은 당연히 "좋아."였다.

나는 내가 낸 옆에 앉고 낸과 테오가 나란히 앉도록 할 생각이었다. 하지만 테오가 유일한 남자인 자기가 가운데 앉아야 공정하다고 결정해 버렸다. 그러더니 가운데 떡, 자리를 잡고 앉아서 우리들 어깨에 팔을 둘렀다. 하지만 나는 그게 다 장난이라는 것을 알았다. 휴가 때, 특히 아침, 점심, 저녁 늘 한솥밥을 먹어야 하는 캠프에서는 동료들과 얼마나 빨리 친해지는지 그저 신기하고 재미있을 따름이다.

가끔씩 나는 마이클과 사랑을 나누는 꿈을 꿨다. 당연히 있을 수 있는 일이었다. 하지만 영화를 보고 돌아온 날 밤, 나는 땀과 수치심에 흠뻑 젖어 잠을 깨고 말았다. 살면서 그토록 부끄러웠던 적은 처음이었다. 테오와 함께하는 꿈을 꾸었기 때문이다. 테오의 체취와 맛과 감촉이 모두 느껴질 만큼 생생한 꿈이었다. 꿈에서 나는 너무나 강렬히 테오를 원했고 지금껏 책에서만 읽었던 것들을 모두 테오에게 시도했다.

다음 날, 나는 마음을 다지기 위해 마이클에게 장장 넉 장의 편지를 썼다. 그리고 테오와는 최대한 거리를 유지했다. 그럼에도 불구하고 나는 우리 사이에 특별한 감정이 자라고 있다는 사실을 알았다. 생각하기조차 두려운 감정이.

구내식당은 매일 저녁 8시부터 밤 10시까지 문을 열었다. 캠프 참가자들은 그곳에서 간식을 먹으며 음악도 듣고 춤도 출 수 있었다. 테오는 제이미처럼 어린 아이들과는 춤을 추었지만 마샤처럼 나이가 좀 있는 애들은 피했다. 괜한 구설수를 피하려는 게 분명했다. 낸은 절대 춤을 추지 않았다. 춤에는 젬병이라며. 춤은 남녀가 가까워질 수 있는 절호의 기회였기 때문에 낸의 태도는 진짜 좀 문제였다. 반면 테오는 춤추는 걸 좋아했다. 단, 테오의 문제는 낸을 바라볼 때 나를 바라보는 것처럼 보지 않는다는 것이었고, 나의 문제는 테오와 눈이 마주칠 때마다 심장이 널을 뛴다는 것이었다.

오늘 밤에는 마샤가 아주 느린 곡을 틀었다. 그러자 아이들이 모두 "우-우." 하고 야유를 보냈다. 다들 하드 록을 더 좋아했기 때문이다. 아이들은 사실 블루스를 어떻게 추는지도 몰랐다. 하지만 마샤는 음악을 바꾸지 않고 테오에게 스르르 다가오더니 테오를 억지로 끌어내려고 들었다. 그러자 테오가 난데없는 소리를 했다. "마샤, 미안한데…… 이번 곡은 벌써 캣한테 신청했어." 테오는 말을 끝내자마자 내 손을 잡고 나를 일으켜 세웠다. 나는 고개를 저었지만 테오는 아랑곳하지 않았다. 대신 아이들을 향해 "자, 애들아, 잘 봐. 새로운 춤을 하나 가르쳐 줄게." 하고 외친 뒤 내 허리에 팔을 둘렀다. 아이들이 휘파람을 불며 함성을 보내자 테오가 웃음을 터뜨리며 나를 더 꼭 끌어안았다. 얼마 안 가 아이들이 속속 합세하기 시작하자 테오는 음악을 다시 처음으로 돌렸다.

테오는 나보다 많이는 아니고 한 8, 9센티미터 정도 컸다. 하지만 마침 내가 통굽 샌들을 신고 있었기 때문에 우리의 몸은 더욱 밀착될 수밖에 없었다. 대화를 주고받지도, 서로를 바라보지도 않았지만 우리 두 사람 사이에서는 아주 많은 일이 일어나고 있었다. 나는 음악이 끝나자마자 테오의 품을 뿌리치고 식당 밖으로 뛰쳐나갔다. 그러고는 시원하고 어두운 호숫가로 내려가 바위에 앉은 채 울고 말았다. 사랑하는 사람이 있는데 어떻게 다른 사람에게 끌릴 수 있는 걸까?

다음 날 마이클에게 장문의 편지가 도착했다. 나는 편지에 입을 맞추며 내 관심은 오로지 마이클에게만 향해 있다는 것을 증명하기 위해 낸에게 편지를 보여 주었다.

드디어 참관일이 돌아왔다. 나는 부모들이 자식들의 실력이 향상된 것을 확인할 수 있도록 오전은 테니스반 아이들과 함께 시합을 하며 코트에서 보냈다. 오후에는 나도 부모님과 함께 시간을 보낼 수 있도록 폭시 선생님이 반나절 휴가를 주었다. 교사들 가운데 방문객이 찾아온 사람은 나밖에 없었다. 점심 식사 후에 제이미가 엄마와 아빠에게 유화와 수채화 그리고 앤젤라의 지도를 받으며 짠 직물을 보여 주었다. 그다음에 나는 반바지로 갈아입은 아빠와 테니스를 두 세트 쳤다. 내가 6 대 3, 7 대 5로 이기자 아빠는 상당히 놀라워했다.

나중에 나는 엄마를 데리고 내 방으로 갔다. "방 좋다. 아주 아늑하고 근사한데." 엄마가 내 침대에 앉더니 벽에 잔뜩 붙어 있는 마이클의 사진들을 올려다보았다. "잘 지내는 것 같아서 좋다."

"뭐 그냥 그럭저럭……." 나는 그렇게 대꾸한 뒤 옷장으로 가 편지가 가득 든 신발 상자를 꺼내 왔다. "봐, 엄마. 이게 다 마이클한테 온 거야. 서로 매일매일 쓰거든."

엄마가 고개를 끄덕였다.

"우리가 이러지 않을 거라고 생각했지?"

"아니. 엄만 그런 생각 한 적 없어."

24

일요일 밤, 나는 휴게실에서 에리카에게 답장을 쓰고 있었다. 폭시 선생님이 빠끔히 고개를 들이밀더니 내게 전화가 왔다고 했다. 나는 시계를 들여다보았다. 10시 반이었다. 아니, 대체 누가 밤 10시 반에 전화를 한담?

낸이 사무실까지 함께 가 주었다.

엄마였다.

"엄마……. 무슨 일 있어?"

"안 좋은 소식이 있단다, 캐스……."

"뭔데?" 엄마의 말을 듣기도 전에 눈물부터 치솟았다.

"할아버지가……."

“할아버지가 뭐⋯⋯?”

“또 뇌졸중을 일으키셔서⋯⋯. 근데 이번엔 이겨 내질 못하셨어. 두 시간 전에 돌아가셨단다.”

“거짓말⋯⋯.” 나는 대성통곡을 하기 시작했다. “거짓말, 말도 안 돼!”

“사실이야, 캐스⋯⋯. 이런 소식을 이렇게 전해서 미안해⋯⋯.” 엄마도 목소리가 잠기고 말았다. 아빠가 전화를 바꿨다. “캐스?”

나는 아무 말도 할 수가 없었다.

“캐스⋯⋯. 아직 있니?”

나는 작게 소리만 냈다.

“잘 들어, 캐스⋯⋯. 아프진 않으셨어⋯⋯. 의식을 잃으셔서 병원으로 옮겼는데 그때는 이미 떠나신 뒤였어.”

“돌아가셨다고요?”

“그래⋯⋯. 돌아가셨어.”

“말도 안 돼요⋯⋯. 할아버지가 돌아가시다니⋯⋯.”

“우리 식구 다 마찬가지 생각이야⋯⋯. 하지만 할아버지가 고통 받는 것도 우리가 바라는 일은 아니잖니.”

“하지만 제가 할아버질 얼마나 좋아했는데⋯⋯.”

“그래, 아빠도 알아⋯⋯.”

“할머니는 어떠세요?”

“괜찮으셔.”

"엄마 좀 다시 바꿔 주세요."

"여보세요……." 엄마의 목소리가 들렸다.

"엄마, 나 집에 가고 싶어." 내가 말했다. "지금 당장. 엄마랑 할머니랑 함께 있고 싶어……. 전화 끊자마자 짐 싸서 내일 새벽에 출발할게."

"그러지 마, 캐스……. 우리도 얘기해 봤는데 그러지 않는 게 좋겠다고 결론 내렸어."

"하지만 나도 있어야 하잖아……."

"진정하고 잘 들어, 캐스. 할아버지는 장례식을 원하지 않으셨어. 그건 너도 알잖아……. 그러니까 제이미 데리고 거기 열흘만 더 있어. 그럼 할머니도 그동안에 기운을 좀 차리실 거야. 그게 할머니가 바라시는 거기도 하고."

"할머니 진짜 괜찮으신 거야? 엄마 지금 거짓말하는 거 아니지?"

"아니야. 지금 위층에서 쉬고 계셔……. 하워드 삼촌이 옆에 있어."

"할머니 좀 바꿔 줘. 할머니랑 얘기하고 싶어."

"내일 해."

"제이미는?" 내가 물었다. "제이미한테는 누가 얘기해?"

"글쎄……. 네 생각은 어떠니? 네가 할 수 있을 것 같니?"

"잘 모르겠어."

"한번 해 봐……. 내일 아침에. 그러고 나서 전화해 줄래?"

"알았어……. 해 볼게."

"그래, 일단 눈 좀 붙이고…… 내일 계속 얘기하자."

"할머니한테 내 마음 전해 줘. 꼭, 응?"

"그래, 그럴게."

"할아버지 보고 싶어, 엄마."

"그래, 우리도 다 그래."

나는 낸에게 무슨 일인지 설명하고 잠시 혼자 있고 싶다고 양해를 구한 뒤 호숫가로 내려갔다. 그러고는 내가 늘 앉는 바위에 걸터앉아 할아버지를 생각했다. 내가 꼬마였을 때 할아버지와 하던 말타기 놀이가 생각났다. 등장인물들마다 목소리를 달리해 가며 책을 읽어 주시던 것도, 제이미와 할머니가 손님 접대용 음식을 준비하고 있으면 코를 킁킁거리며 부엌 주위를 배회하시던 모습과 처음 뇌졸중을 일으키셨을 때 모습도 기억났다. 어찌나 왜소하고 창백하시던지. 하지만 내가 병실로 들어가자 할아버지는 내게 손을 내미셨다. 나는 아름다운 추억들을 죄다 떠올리려고 애썼다. 식당에서 할머니와 건배하던 모습도 그 가운데 하나였다. 할아버지는 늘 잔을 들어 올리며 "사랑을 위해."라고 말씀하셨다.

그때 인기척이 느껴졌다. 뒤를 돌아보자 테오가 서 있었다.

"낸한테 들었어." 테오가 입을 열었다. "정말 유감이야."

"굉장히 특별한 분이셨어……. 넌 몰라." 나는 손으로 얼굴을 가리고 울음을 터뜨렸다.

테오가 바위 옆 풀밭에 주저앉았다. "죽음은 받아들이기 힘들지."

"내가 좋아하는 사람이 죽은 건 처음이야."

"처음은 늘 더 힘든 법이야."

"뭘 어떻게 해야 할지 모르겠어."

테오는 내가 다 울 때까지 아무 말도 하지 않았다. 마침내 테오가 다시 입을 열었다. "이제 들어가서 좀 쉬어."

"싫어. 혼자 있고 싶지 않아."

"낸하고 같이 있어 봐."

나는 고개를 저었다.

"밤새 여기 앉아 있을 순 없어, 캣."

"아침에 제이미한테도 말해 줘야 해……. 이런 일을 다른 사람한테 대체 어떻게 알려야 하지?"

"가능한 한 간단하게."

"내가 할 수 있을지 모르겠어."

"원하면 내가 같이 있어 줄게. 하지만 지금은 좀 자야 해." 테오가 내 손을 잡으며 일어섰다. "집까지 데려다 줄게."

집 앞에 도착하자 테오가 내 얼굴에 붙어 있던 머리카락을 뒤로 쓸어 넘겼다. "잘 자, 캣……." 테오가 이마에 입을 맞추며 속삭였다.

나는 테오를 끌어안으며 꿈에서 했던 것처럼 테오에게 키스를 하기 시작했다. 처음에는 테오도 내 키스에 응했다. 그러나 곧 내 팔을 풀더니 "아니, 이런 식은 아니야……. 죽음을 구실 삼고 싶진 않아."라고 말했다.

나는 내 방으로 달려 올라가 또다시 엉엉 울기 시작했다.

아침 식사 뒤에 제이미에게 할아버지 이야기를 한 건 실수였다. 제이미는 내 이야기를 듣자마자 먹은 것을 모두 토해 내고 말았다. 그러나 전체적으로 볼 때 나보다는 잘 받아들였고, 집에 가겠다고 고집을 부리지도 않았다. 우리는 엄마와 아빠에게 전화를 걸었다. 나는 할머니를 바꿔 달라고 한 번 더 부탁했다.

"우린 정말 멋진 시간을 장장 사십칠 년이나 함께 보냈단다. 이런 부부가 얼마나 되겠니?" 할머니가 내게 말했다.

"맞아요, 할머니. 많지 않을 거예요." 내가 말했다. 할머니의 목소리를 듣자 한결 안심이 되었다.

7월 28일

마이클에게,

어제 할아버지가 돌아가셨어. 또다시 뇌졸중을 일으키셔서. 장례식은 따로 치르지 않을 거야. 원래 화장을 원하셨거든. 오늘 아침에

244 ●

할머니랑 통화했는데 괜찮으신 것 같아. 함께 있어 드리고 싶어서 집에 가겠다고 했지만 할머니가 거절하셨어. 그냥 제이미랑 같이 캠프에 있으라셔. 도무지 믿기지가 않아. 집에 가서 할아버지가 안 계신 걸 내 눈으로 직접 확인해야 비로소 실감이 날 것 같아. 할아버지가 너무나 그리워.

사랑해,

캐스

며칠 뒤 낸은 케리와 포 부부를 따라 시내로 밤 외출을 나갔다. 하지만 테오는 야간 휴가를 받았음에도 불구하고 나와 함께 캠프에 남았다. 우리는 테오의 숙소로 올라가는 계단에 나란히 앉아 있었다.

"지난번 밤에 있었던 일 말이야⋯⋯." 테오가 먼저 말을 꺼냈다.

"그 얘기는 하고 싶지 않아." 내가 말했다.

"해야 해, 캣."

나는 고개를 저었다.

"넌 기댈 사람이 필요했던 거야." 테오가 아랑곳하지 않고 말을 이었다. "근데 내가 마침 거기 있었던 거고." 테오가 땅을 걸어찼다. "섹스가 죽음의 해독제라는 거⋯⋯ 알고 있었니?"

"아니."

"심리학 2장. 네 행동은 아주 자연스러운 거였어. 누가 죽으면…… 사람은 누구나 자기는 살아 있다는 걸 증명하려고 한 대……. 그럴 때 그보다 더 좋은 게 어디 있겠어, 안 그래?"

"정말 그런 이유에서였는지 잘 모르겠어." 내가 말했다.

테오가 일어섰다. 그러고는 호숫가로 내려가 돌멩이를 몇 개 집어 물속으로 던졌다. 마이클과의 첫 데이트가 기억났다.

"영원히 어쩌고 하던 건 어떻게 된 거야?" 테오가 물었다. 내 생각을 읽기라도 한 듯.

나는 몸을 돌려 버렸지만 다시 내 앞으로 온 테오가 두 손으로 어깨를 움켜잡으며 억지로 제 얼굴을 보게 만들었다. "난 널 계속 만나고 싶어. 캠프가 끝난 다음에도……. 하지만 먼저 네 태도가 분명해져야만 해."

"생각할 시간이 필요해." 내가 대꾸했다.

7월 31일

캐스에게,

할아버지 일은 정말 안됐어. 나도 너희 할아버지 굉장히 좋아했는데. 지금 당장 네 곁으로 달려가고 싶어. 이런 식으로는 네게 내 마음을 알리기가 너무 힘드니까. 하지만 이제 곧 볼 수 있을 거야. 사랑해. 그리고 보고 싶어.

너의 영원한
마이클

나는 마이클의 편지에 답장을 할 수 없었다.

캐스에게,

오랫동안 소식 못 들었는데 잘 지내는 거지?

지난번에 내가 보낸 편지는 받았니? 내 마음은 거기에 쓴 그대로야.

영원히 사랑해,

마이클

마이클에게,

아니, 나 잘 못 지내. 하지만 네 탓은 아니야. 글쎄, 이런 말을 어
떻게 해야 할지 모르겠지만 한번 해 볼게. 가만히 생각해 보면 너
를 아직 사랑하고 있는 것 같긴 해. 하지만 뭔가가 변했어. 어떤 사
람을 만났는데 그 사람이 날 완전히 뒤죽박죽으로 만들어 놨어. 아
니, 그렇지 않아. 그러니까 내 말은, 내가 혼란스러운 것은 사실이
지만 그 사람 탓으로 돌릴 수는 없다는 뜻이야. 네가 이해하기 힘들
거라는 거 알아. 나 역시 이해가 잘 안 되니까. 하지만 이제 난 너한
테 했던 약속을 지킬 수 있다는 확신이 없어. 네가 잘못한 건 하나
도 없어. 너랑은 아무 상관도 없는 일이야. 그냥 내가 지금 어떻게
해야 할지 모를 뿐이야. 그래, 내가 굉장히 나쁜 애라는 생각이 들

테지. 무리도 아니야. 나 스스로도 그런 생각을 했으니까. 정말이야. 이런 일이 어떻게, 그리고 도대체 왜 일어났는지는 나도 잘 모르겠어. 어쩌면 곧 마음의 정리를 할 수 있을지도 몰라. 그래서 말인데 기다려 줄 수 있겠니? 난 나에 대한 네 사랑이 멈추는 걸 원하지 않아. 우리 두 사람과 우리 둘 사이에 있었던 아름다운 추억들을 끊임없이 떠올리고 있어. 네게 상처를 주고 싶지 않아……. 절대로…….

나는 편지를 마치지 못했다. 샘솟듯 쏟아지는 눈물을 주체할 수가 없었다. 나한테 문제가 있는 걸까? 알 수 없다. 마이클과 여름내함께 있었더라면 이런 일은 절대 일어나지 않았을 텐데…….

나중에 편지를 다시 읽어 보았다. 절대 보낼 수 없을 것 같았다. 나는 편지를 갈가리 찢어 버리고 말았다.

25

토요일 오후, 그날의 일과가 끝나기 조금 전 나는 또다시 사무실로 오라는 전갈을 받았다. 테오는 아이들에게 혼자서들 연습하고 있으라고 이른 뒤 나를 따라왔다. 내가 얼마나 겁을 먹었는지 느낀 테오가 내 손을 잡았다. 제발 할머니 소식이 아니기를……. 이번엔 제발 나쁜 소식이 아니기를. 나는 사무실로 가는 내내 기도했다.

사무실에 도착하자 책상 앞에 앉아 있던 폭시 선생님이 고개를 들며 인사를 건넸다. "어서 와라, 캣. 손님이 왔어." 폭시 선생님이 화장실을 가리켰다. 하지만 내가 미처 무슨 질문을 던지기도 전에 문이 열렸다. 그리고 거기에는 마이클이 있었다.

테오와 나는 나란히 서 있었다. 우리는 단이 너덜너덜한 반바지

를 입고 있었는데 테오는 웃통을 벗은 상태였고, 나는 홀터넥 톱
(등과 어깨가 완전히 드러나는 윗옷—옮긴이) 차림이었다. 둘 다 땀범벅
에 먼지투성이였고 손은 여전히 잡고 있었다. 물론 우리는 마이클
을 보자마자 얼른 손을 놓았다.

　"마이클⋯⋯." 나는 마이클에게 다가갔다. "어떻게 된 거야? 어
떻게 여기 있어?"

　"걱정이 돼서." 마이클이 대답했다. "편지를 써도 답장이 없기에
며칠 일찍 비행기를 탔어. 널 놀래 주려고."

　"어⋯⋯ 그래, 정말 깜짝 놀랐어. 진짜 너무 뜻밖이야. 내 꼴 좀
봐. 완전 엉망이잖아!"

　"내 눈엔 아니야."

　마이클은 그렇게 말하며 나를 꽉 끌어안았다. 잠시 뒤 나는 마이
클을 테오에게 소개해 주었다. 두 사람은 악수를 했다. "얘기 많이
들었어." 테오가 말했다.

　"나도 네 얘기 많이 들었어." 마이클이 대꾸했다. 그러나 마이클
의 말은 사실이 아니었다. 테오는 내 편지에 그저 가끔씩 언급되었
을 뿐이고, 그것도 늘 냇과 관련되어서였다.

　테오가 말했다. "그럼 이따가 봐⋯⋯. 저녁 먹기 전에 좀 씻어야
겠어." 내게 한 말인지, 마이클에게 한 말인지는 알 수 없었다. 테
오가 사무실을 빠져나갔다.

　폭시 선생님이 말했다. "캣, 그럼 오늘 밤엔 휴가를 쓰도록 해

라."

나는 숙소로 돌아와 뜨거운 물로 샤워를 하고 머리를 감았다. 마이클에게 무슨 말을 어떻게 해야 좋을지 고민하며. 어떻게 설명해야 마이클이 나를 미워하지 않고 이해할 수 있을까? 마이클이 이곳에 있는데, 다시 만났는데 나는 내가 뭘 원하는지 여전히 알지 못했다. 수돗물이 머리를 타고 얼굴로 줄줄 흘렀다. 눈이 따끔거렸다. 샴푸 때문만은 아니었다.

나는 캠프에 가져온 유일한 원피스를 꺼내 입었다. 마이클은 아래층에서 기다리고 있었다. 우리는 손을 잡고 마이클의 차로 갔다. 마이클은 차를 몰고 부둣가 식당으로 가 바닷가재와 백포도주 한 병을 주문했다. 할아버지에 대한 이야기가 시작되자 마이클이 주머니에서 부음 기사 두 장을 꺼냈다. 하나는 『뉴욕 타임스』에, 다른 하나는 『더 리더』에 실린 기사였다. 『더 리더』의 기사는 에리카가 직접 작성한 것이었다. 우리의 대화는 노스캐롤라이나와 목재 야적장, 테니스, 제이미, 날씨 그리고 음식으로 이어졌다. 식사를 하면서는 가장 중요한 이야기를 할 겨를이 없었다. 그러나 나는 이제 곧 우리가 그 이야기를 하게 되리라는 것을 알았다. 그럼 어떻게 될까?

식사를 마치고 우리는 마이클의 모텔 방으로 갔다. 마이클이 윗주머니에 악어가 새겨진 노란색 폴로셔츠를 벗더니 의자 위로 휙 집어 던졌다. 우리는 침대에 걸터앉았고, 입을 맞추기 시작하자 마이클이 내 원피스의 단추를 풀었다. 나는 원피스 안에 팬티밖에 입고 있지 않았다. 마이클이 바지와 팬티를 차례차례 벗었다. 우리는 나란히 누웠다. 마이클은 끊임없이 키스를 퍼부으며 내 원피스를 들어 올렸다. 나는 마이클의 키스에 제대로 응할 수가 없었다. "얼마나 그리웠는지 몰라……." 마이클이 속삭였다. "너무너무 보고 싶었어……." 그러나 나는 예전처럼 마이클의 입속으로 혀를 집어넣지 않았다. 가만히 누워서 그저 기다릴 뿐이었다. 아무런 감정도 일지가 않았다.

마이클이 원피스 속으로 손을 집어넣더니 내 가슴을 만지기 시작했다. 한쪽 가슴을 짓누르던 손이 이내 다른 쪽 가슴으로 옮겨 갔다. 나는 연기를 해 볼까도 생각했다. 그렇게 하는 사람도 있으니까. 사랑을 나누는 동안 그들은 다른 생각을 한다. 다른 사람과 함께 있는 상상을. 마이클의 손이 내 허벅지 안쪽으로 올라오더니 다리 사이에 머물렀다. 나는 팬티를 벗지 않았다. 연기에는 어차피 소질이 없었다. 그리고 공정한 일도 아니었다.

"자, 어서. 캐스……." 마이클이 속삭였다.

"잠깐만." 내가 말했다. "잠깐만 기다려 봐, 마이클……."

"못 기다리겠어……."

나는 몸을 굴려 마이클에게서 떨어졌다. "이러지 말고 좀 기다려." 나는 침대에서 일어나 건너편으로 가 버렸다. "할 얘기가 있단 말이야."

"얘기는 지금까지 계속했잖아."

"이건 다른 얘기야."

"할아버지 때문에 그러는 거지?" 마이클이 물었다. "하지만 너희 할아버지도 우리가 함께 있길 바라실 거야……. 그러니까 괜한 죄책감 같은 거 느낄 필요 없어."

"그런 게 아니야."

"그럼 왜 그래?"

"안 그래도 지금 얘기하려고 하잖아……. 제발 말할 기회를 좀 줘."

"해. 듣고 있으니까……."

"그러니까 그게……." 나는 마침내 입을 열었다. "네 탓은 아니야. 넌 아무 잘못도 없어……. 이건 그냥 내 문제야……. 내가……."

마이클은 아주 오랫동안 나를 응시했다. 그러더니 갑자기 침대에서 벌떡 일어섰다. 너무 갑작스러운 행동이라 나는 몸을 움칫했다. "다른 녀석이 생겼구나, 그렇지?" 마이클이 팬티를 입었다.

"글쎄, 어떻게 보면." 나는 다시 말을 잇기 시작했다. "하지만……."

"그 녀석이랑 잔 거야?"

"아니야……. 그런 거랑은 전혀 상관없어."

마이클이 바지를 입으며 물었다. "그럼 나한테 왜 말해야 하는데?"

"난 아무 말도 안 했어……. 네가 그렇게 추측한 거지."

마이클은 셔츠를 뒤집어 입었다. "그게 네가 원한 거잖아, 안 그래? 내 말은, 하, 맙소사……. 네가 저기 시체처럼 가만히 누워 있는데, 난 바보같이 할아버지 때문이라고 생각하다니……. 내가 절대 눈치채지 못할 줄 알았나 보지? 날 아주 바보라고 생각했어."

"진정해, 마이클……. 그런 생각 한 적 없어. 그건 너도 알잖아. 어차피 내 입으로 곧 말했을 거야. 서로에게 정직하기로 했으니까, 기억나?"

"그래……. 아주 많은 걸 기억하고 있지……." 마이클이 운동화를 찾으며 말했다. "너와는 달리."

"난 하나도 잊어버리지 않았어."

"잊어버리지 않았다고? 영원하자던 약속은? 아니면 벌써부터 기억력에 문제가 생긴 거야?" 마침내 신발을 찾은 마이클은 의자에 앉아 신발을 신었지만 끈은 묶지 않았다.

"잊어버리지 않았어……. 너도, 영원하자던 약속도."

"그럼 대체 무슨 일이야?"

"제발, 마이클……. 제발……."

"제발 뭐?" 마이클이 더 크게 소리를 질렀다. "젠장, 나만 일을 개판으로 만드는 줄 알았더니!"

"난 우리 두 사람 사이에 거짓말이 없었으면 해."

"그래서? 넌 이제 우리가 예전이랑 똑같을 수 있을 것 같니?"

"모르겠어."

"좋아, 그럼 내가 말해 주지……. 더 이상 그럴 수 없어!" 마이클의 목소리가 갈라졌다. 마이클은 문을 부수기라도 할 듯 꽝 닫으며 욕실로 들어가 변기 물을 내렸다. 덕분에 나는 아무 소리도 들을 수 없었다.

나는 뭘 해야 좋을지 몰라 멍하니 기다리다 마이클을 불렀다.

"마이클……. 괜찮니?"

"물론이지……." 마이클의 목소리가 들렸다. "괜찮은 정도가 아니야. 아주 좋아 죽을 것 같다고……."

"들어 봐, 마이클……. 어쩌면 네가 오늘 너무 갑자기 나타나서 이런 건지도 몰라……. 내가 너무 긴장해서. 너도 알잖아……."

"헛소리 집어치워."

"헛소리 아니야……."

또다시 변기 물 내리는 소리가 들렸다.

나는 원피스의 단추를 채웠다.

마침내 욕실 문이 열리더니 마이클이 나타났다. 셔츠는 여전히 뒤집어져 있었지만 신발 끈은 묶여 있었다. 마이클이 침대 옆 탁자로 곧장 걸어가더니 안경을 썼다. "난 널 누구랑 나눠 가질 생각 없어." 마이클의 목소리는 아주 차분했다. "모든 게 예전처럼 됐으면 좋겠어. 그러니까 결정을 해……."

나는 침을 꿀꺽 삼켰다. "난 아무 약속도 할 수 없어……. 적어도 지금으로서는."

"역시 생각했던 대로군."

"지금 그 말, 끝났다는 얘기야?"

"방금 네 입으로 그렇게 말했잖아."

"이러지 말고, 앞으로 어떻게 될지 좀 두고 보면 안 돼?"

"선택을 해."

"그럼 정말 끝난 거네, 그치?" 순간 신문 기사에 실렸던 네 번째 질문이 퍼뜩 떠올랐다. '지금 맺고 있는 관계가 어떻게 끝날지 생각해 본 적이 있는가?'

"그런 것 같아." 마이클이 대답했다.

나는 목걸이를 끌러 마이클에게 내밀었다. 목이 막혀 말은 할 수가 없었다.

"그냥 가져." 마이클이 말했다.

"그럼 안 될 것 같아." 목걸이를 건네는 순간 손가락이 서로 스쳤다.

"캐서린이라고 새겨진 목걸이를 가지고 나더러 대체 어쩌라는 거야?"

"나도 몰라……."

마이클이 내 가방을 집더니 목걸이를 안으로 미끄러뜨렸다.

우리는 캠프로 돌아가는 차 안에서 단 한마디도 하지 않았다. 캠프에 도착해 내가 차에서 내리자 마이클이 몸을 보조석 쪽으로 숙이며 말했다. "너도 하나 알아야 할 게 있어. 실은 나도 노스캐롤라이나에서 재미 많이 봤어."

나는 믿지 않는다는 것을 보여 주기 위해 고개를 저었다.

그러자 마이클이 소리쳤다. "눈에 띄는 여자애는 다 따먹었다고!"

"거짓말쟁이!" 나도 맞고함을 쳤다. "나한테 상처 주려고 일부러 이러는 거지?"

"글쎄, 내 말이 거짓말인지 아닌지는 어차피 알 길이 없을 텐데……. 안 그래?" 마이클이 어찌나 급하게 차를 출발시켰던지 길에는 찌익, 하는 소리와 함께 선명한 바큇자국이 남았다.

우리는 대학에 가기 전에 딱 한 번 더 마주쳤다. 해인스 백화점
에서 에리카와 쇼핑하고 있었는데 마이클도 그곳 문구 제품 판매
대 앞에 서 있었다.

내가 인사를 건넸다. "안녕."

그러자 마이클도 "어…… 안녕." 하고 대꾸했다.

"어떻게 지내?"

"잘 지내……. 넌?"

"나도 잘 지내……. 아티는?"

"이제 집에 와 있어. 어제 만났어."

"잘됐다."

에리카는 다른 통로로 사라져 버렸고, 나와 마이클은 서로를 바라보며 그곳에 계속 서 있었다.

"그럼……." 내가 말했다. "대학 생활 잘해."

"너도."

"고마워."

"아, 그리고 나 베일에서 일자리 제안받았어."

"갈 거니?"

마이클은 어깨를 으쓱했다. "글쎄 뭐, 두고 봐야지……."

"마이클……."

"응?"

나는 너를 사랑했던 것을 결코 후회하지 않을 거라고 말하고 싶었다. 그리고 어떤 면에서는 지금도 여전히 사랑하고 있다고, 아마도 영원히 사랑할 거라고. 너무나도 특별한 사이였기에 우리가 함께했던 그 어떤 일도 후회하지 않는다고. 우리 나이가 열 살만 더 많았다면 모든 것이 달라졌을지도 모른다고. 어쩌면. 다만 영원한 관계를 약속하기엔 내가 아직 준비가 안 된 것 같다고.

나는 마이클이 내가 무슨 생각을 하는지 짐작하기를 바랐다. 내 눈빛이 마이클에게 그 말을 전달해 주기를 바랐다. 내가 입으로 할 수 있었던 말은 "그럼 또 봐……."가 전부였기 때문이다.

"그래." 마이클이 대답했다. "또 보자."

집에 와 보니 제이미는 데이비드와 외출 중이었고, 엄마는 생일 선물로 받은 화초를 다듬고 있었다.

"예쁘다. 점점 더 크는 것 같아." 내가 말했다.

"물을 엄청 줘야 해." 엄마가 대꾸했다. "사려고 했던 건 다 샀니?"

"어, 뭐 그냥 대충."

"어디 아프니? 안색이 안 좋은데?"

"응, 오늘 좀 그렇네. 하지만 걱정 마, 엄마. 괜찮으니까. 저녁 먹기 전에 잠깐 샤워만 할게."

"그래. 아, 그리고 캐스⋯⋯."

"응?"

"테오한테 전화 왔더라."

한국 텔레비전 드라마 사상 최초의 키스 신은 1991년으로 거슬러 올라간다. 「여명의 눈동자」라는 미니시리즈에서 주인공을 맡았던 채시라와 최재성이 보여 준 철조망 키스 신이 그것이다. 불과 이십 년 전 이야기지만 키스 신은 그때까지 영화에서나 볼 수 있었으며, 국내 텔레비전 드라마에서는 남녀가 이글거리는 눈빛으로 서로를 바라보기만 해도 장면 전환이 이루어지는 게 보통이었다. 그러니 이 드라마의 연출을 맡았던 김종학 감독이 제재를 받은 것도 그리 놀라운 일은 아니다.

채시라와 최재성이 입술을 포갠 다음 날, 최고의 화젯거리는 당연히 문제의 키스 신이었다. 너무 멋졌다느니, 재방송은 기필코 보고야 말겠다느니, 세상 말세라느니, 내가 채시라였으면 좋겠다느니, 낯 뜨겁게 텔레비전에서 꼭 그런 장면을 보여 줘야 하느냐느니 등등, 좋은 말이든 나쁜 말이든 뭐라고 한마디 안 하는 사람을 찾아보기가 힘들었다. 그리고 내게 영어를 배우던 중학교 2학년 남학생은 닭똥 같은 눈물을 뚝뚝 흘렸다. 내가 왜 우느냐고 물었더니 채시라 때문에 운다고, 그녀는 이제 외간 남자와 입을 맞췄으니 자기와는 물론 누구와도 결혼하지 못할 것 같다고 하면서 아예 대성통곡을 했다. 물론 이 남학생이 보여 준 성 관념은 이십 년 전에도 매우 극단적인 것이었으나 당시 성이 우리 사회에서 얼마나 터부시되고 있었는지, 아이들이 얼마나 금욕 위주의 성교육에 볼모 잡혀 있었는지를 분명히 보여 준다.

세월은 흘러 21세기에 들어선 지도 십 년이 지났다. 이제 성은 곳곳에 넘쳐난다. 성이 판매력을 향상시킨다는 인식이 팽배해 사회 전체가 성을 부추기고 어느 곳으로 눈을 돌려도 성이 없는 곳이 없다. 그러니 안 그래도 성에 대한 호기심이 부쩍 커지는 청소년들을 성에 이렇게 노출시켜 놓고 너희는 공부나 하라고, 어른이 될 때까지 상관 말라고 하는 것은 목마른 사람에게 물을 주며 마시지는 말고 보기만 하라는 것과 비슷하지 않을까 싶다. 통계를 보면 성관계를 처음 경험한 전 세계의 평균 연령은 17.3세인데 비해 한국의 경우 14.8세(보건복지가족부의 2008년도 자료)라는 놀라운 결과를 보인다. 우리 청소년들의 성 경험은 어느새 서구 사회만큼이나,

아니 서구 사회보다도 더 빨라져 버린 것이다. 따라서 우리도 이제는 아이들의 성 경험을 자연스럽게 받아들이고, 안전한 성을 알려주는 방향으로 성교육의 패러다임을 전환해야 옳지 않을까 싶다.

주디 블룸은 『별 볼 일 없는 4학년』, 『대단한 4학년』, 『못 말리는 내 동생』, 『안녕하세요, 하느님? 저 마거릿이에요』 등으로 알려져 우리나라 독자들에게는 어린이책 작가로 널리 사랑받고 있다. 따라서 그녀의 청소년소설을 처음 접하는 독자라면 주디 블룸이 청소년소설도 썼다는 사실에, 그리고 더 나아가서는 이 작품의 대담성에 깜짝 놀랐을 것이다. 이 작품은 사실 미국에서조차 1975년에 발표된 이래 청소년문학계에 파란을 불러일으키며 끊임없이 논쟁을 야기하고 있는 작품이다. 일례로, 일리노이 주 엘진 시의 한 학군에서는 1997년 중학교 도서관에 이 책을 비치하지 못하도록 하는 조처를 내렸다가 사 년 뒤인 2001년에 이러한 결정을 번복한 바 있다.

그러나 책의 선정성만을 놓고 논란을 벌이다가는 작가가 이 작품을 통해 정말로 말하고자 한 바를 파악하기 힘들다. 우리가 이 책을 논할 때 한 가지 잊지 말아야 할 것은 주디 블룸이 묘사하고 있는 성행위가 왜곡된 남녀 관계에서 이루어지는 것이 아니라 사랑에 빠진 두 젊은 남녀 간에 이루어지는, 지극히 자연스러운 행위라는 사실이다. 주디 블룸은 정신적·육체적으로 건강한 젊은 남녀가 사랑에 빠지고, 성행위를 하기로 스스로 결정하고, 책임감 있게 행동하는 모습을 아주 사실적으로 그려 냈을 뿐이다. 작가가 이 작품을 쓴 1970년대 미국에서는 낙태가 불법이었다. 따라서 사랑을 주제로 하는 청소년소설은 비극적으로 끝나기 일쑤였다. 하지만 주디 블룸은 청춘 남녀가 사랑에 빠져 섹스만 했다 하면 여자 주인공이 원하지 않는 임신을 하고, 다른 주에 사는 친척 집으로 피신을 가고, 끔찍한 환경에서 불법 낙태 수술을 받고, 결국에 가서는 비극적인 죽음으로 끝나는 것과는 다른 건강한 책을 쓰고 싶어 했다. 거짓말, 비밀, 파괴된 인생을 주제로 하는 책 대신 자신들의 행위를 스스로 결정하고 책임지는 젊은이들의 사랑 이야기를 읽는 것은 당시 열네 살이었던 주디 블룸의 딸 랜디의 간절한 바람이기도 했다.

『포에버』에서 주디 블룸은 잠자리를 같이 했다고 해서 그 사랑이 반드시 영원할 필요는 없다고 결론 내린다. 그러나 강조컨대, 그녀의 이러한 생각이 문란한 성행위를 부추기는 것은 결코 아니다. 아무하고나 관계를 맺어 거추장스럽기만 한 처녀성을 떼어 버리려고 했던 에리카의 시각이 소설 후반부에서 바뀌는 점, 캐서린의 성행위가 외할머니 등 온 가족의 보호 속에서 이루어지는 점 등은 이 작품이 합리적인 윤리관에 근거하고 있음을 보여 준다. 1996년 미국 도서관 협회가 청소년문학에 많은 공헌을 한 작가에게 수여하는 마거릿 에드워스 상의 수상자로 주디 블룸을 선정한 것도 이러한 이유에서지 싶다. 미국 도서관 협회는『포에버』에서 보인 성에 대한 솔직하고도 개방적인 묘사가 사랑을 주제로 한 청소년소설의 새로운 지평을 열었다고 평가했다.

세월은 또다시 흘러 주디 블룸이 이 책을 발표한 지도 어언 삼십오 년이 지났다. 오늘날 책임 있는 성행위란 더 이상 원하지 않는 임신을 피하는 것만을 의미하지 않는다. 어떤 경우에도, 즉 따로 피임을 하고 있는 경우에도 콘돔을 반드시 사용함으로써 에이즈, 임질, 매독 등 성적 접촉에 의해 전염되는 모든 질병을 피하고 본인과 상대방의 건강과 생명을 지키는 일, 이것이 현대적 의미의 안전한 성행위다. 주디 블룸 역시 이렇게 변화된 인식을 중요하게 여겨 최근 출판되는 책에는 다음과 같은 서문을 끼워 넣고 있다.

내가 『포에버』를 쓴 1970년대만 해도 책임감 있는 성행위란 원하지 않는 임신을 피하는 것으로 여겨졌다. 그러나 지금은 임신뿐만 아니라 성적 접촉을 통해 감염되는 질병을 피하는 일도 여기에 포함된다. 에이즈를 비롯한 이런 질병들은 자칫 사람의 목숨을 앗아 갈 수도 있다. 이 작품에서 캐서린은 병원에 찾아가 피임약을 받아 온다. 그러나 오늘날이었다면 어떤 피임 방법을 쓰든 반드시 콘돔을 병행해서 사용하라는 지시를 받았을 것이다. 여러분이 이제 곧 성관계를 가질 예정이라면 자신의 행위와 자신의 생명에 대해 반드시 스스로 책임져야 한다는 사실을 명심하기 바란다.

이 책의 올바른 취지가 한국 독자들의 관심을 불러일으켜 치열

한 담론을 생산하고 새로운 시각을 열어 주길 바라 마지않는다.

2011년 9월

김영진

창비청소년문학 40

포에버

초판 1쇄 발행 • 2011년 9월 23일
초판 4쇄 발행 • 2019년 7월 21일

지은이 • 주디 블룸
옮긴이 • 김영진
펴낸이 • 강일우
책임편집 • 윤자영
펴낸곳 • (주)창비
등록 • 1986년 8월 5일 제85호
주소 • 10881 경기도 파주시 회동길 184
전화 • 031-955-3333
팩시밀리 • 영업 031-955-3399 편집 031-955-3400
홈페이지 • www.changbi.com
전자우편 • ya@changbi.com

한국어판 ⓒ (주)창비 2011
ISBN 978-89-364-5640-5 43840